畢璞全集・小說・三

有情世界

【推薦序一】
老樹春深更著花

封德屏

一九八六年四月，畢璞應《文訊》雜誌「筆墨生涯」專欄邀稿，發表〈三種境界〉一文，她在文末寫道：

> 這種職業很適合我這類沉默、內向、不善逢迎、不擅交際的書呆子型人物，我很高興我當年選擇了它。我既沒有後悔自己走上寫作這條路，又說過它是一種永遠不必退休的行業；那麼，看樣子，我是注定了此生還是要與筆墨為伍了。

畢璞自知甚深，更有定力付之行動，近三十年來她持續創作，陸續出版了數本散文、小說、自選集；三年前，為了迎接將臨的「九十大壽」，她整理近年發表的文章，出版了散文集

《老來可喜》。年過九十後，創作速度放緩，但不曾停筆。二〇〇九年元月《文訊》創辦的「銀光副刊」，至今刊登畢璞十二篇文章，上個月（二〇一四年十一月），她在「銀光副刊」發表了短篇小說〈生日快樂〉，此外，也仍偶有文章發表於《中華日報》副刊。畢璞用堅毅無悔的態度和纍纍的創作成果，結下她一生和筆墨的不解之緣。

一九四三年畢璞就發表了第一篇作品，五〇年代持續創作，創作出版的高峰集中在六〇、七〇年代。一九六八年到一九七九年是她作品的豐收期，這段時間有時一年出版三、四本，甚至五本。早些年，她是編寫雙棲的女作家，曾主編《大華晚報》家庭版、《公論報》副刊、《徵信新聞報》家庭版，並擔任《婦友月刊》總編輯，八〇年代退休後，算是全心歸回到自適自在的寫作生涯。

真摯與坦誠是畢璞作品的一貫風格。散文以抒情為主，用樸實無華的筆調去謳歌自然，讚頌生命；小說題材則著重家庭倫理、婚姻愛情。中年以後作品也側重理性思考與社會現象觀察。畢璞曾自言寫作不喜譁眾取寵、不造新僻字眼，強調要「有感而發」，絕不勉強造作。

畢璞生性恬淡，除了抗戰時逃難的日子，以及一九四九年渡海來台的一段艱苦歲月外，自認大半生風平浪靜。「淡泊名利，寧靜無為」是她的人生觀，讓她看待一切都怡然自得。雖然前後在報紙雜誌社等媒體工作多年，一九五五年也參加了「中國婦女寫作協會」，可能如她自己所言「個性沉默、內向，不擅交際」，多年來很少現身文壇活動。像她這樣一心執著於創作的人和其作品，在重視個人包裝、形象塑造，充斥各種行銷手法的出版紅海中，很容易會被湮沒遺忘。

然而，這位創作廣跨小說、散文、傳記、翻譯、兒童文學各領域，筆耕不輟達七十餘年的資深作家，冷月孤星，懸長空夜幕，環視今之文壇，可說是鳳毛麟角，珍稀罕見。在人們華服高軒、闊論清議之際，九三高齡的她，老樹春深更著花，一如往昔，正俯首案頭，筆尖不斷流淌出款款深情，如涓涓流水，在源遠流長的廣域，點點滴滴灌溉著每一寸土地。

感謝秀威資訊科技股份有限公司，在文學出版業益顯艱辛的此刻，奮力完成「畢璞全集」二十七冊的巨大工程。不但讓老讀者有「喜見故人」的驚奇感動，也讓年輕一代的讀者，有機會可以在快樂賞讀中，認識畢璞及其作品全貌。我們也希望透過文學經典這樣的再現與傳承，向這位永遠堅持創作的作家，表達我們由衷的尊崇與感謝之意。

民國一〇三年十二月

（封德屏：現任文訊雜誌社社長兼總編輯、臺灣文學發展基金會執行長、紀州庵文學森林館長。）

【推薦序二】

老來可喜話畢璞

吳宏一

一

上星期二（十月七日），我有事到《文訊》辦公室去。事畢，封德屏社長邀我去參觀她們蒐集珍藏的期刊。看到很多民國五、六十年前後風行文壇的文藝刊物，目前多已停刊，不勝嗟嘆。《暢流》、《自由青年》、《文星》等我投過搞、發表過創作的刊物不說，連一些當時發行不廣的小刊物，她們也多有蒐集。其用心之專、致力之勤，實在不能不令人讚嘆。於是我向她提起我高中以迄大學時期文學起步的一些往事，中間提到若干文藝刊物和若干文壇前輩對我的鼓勵和影響。其中特別提到我大學一年級，民國五十年的秋天，剛進入台大中文系讀書時所認識的一些前輩先進。像當時住在濟南路的紀弦，住在廈門街的余光中，住在南昌街菸酒公賣局宿舍的羅悟緣，住在安東市場旁的羅門、蓉子……我都曾經一一去走訪，謝謝他們採用或推薦過我的作品。過程歷歷在目，至今仍記憶猶新。比較特別的是，去新生南路夜訪覃子豪時，還遇見過魏子雲；去峨嵋街救國團舊址見程抱南、鄧禹平時，還順道去《公論報》探訪副刊主編畢璞……。

一提到畢璞，德屏立即接了話，說「畢璞全集」日前正編印中，問我願不願意為她「全集」寫個序言。我答：寫序不敢，但對我文學起步時曾經鼓勵或提攜過我的前輩，我非常樂意寫紀念性的文字。不過，我也同時表示，我與畢璞五十多年來，畢竟才見過兩三次面，她的作品我讀得並不多，要寫也得再讀讀她的生平著作，而且也要她還記得我，對往事有些共同的記憶才好。所以我建議，請德屏代問畢璞兩件事：一是她記不記得在我大一下學期（民國五十一年春），她和另一位女作家到台大校園參觀之事；二是她在主編《婦友》月刊期間，記不記得曾經約我寫過詩歌專欄。

德屏說好。第二日早上十點左右，畢璞來了電話，客氣寒暄之後，告訴我：她記得她和鍾麗珠早年曾到台大校園和我見過面，但對於《婦友》約我寫專欄之事，則毫無印象。她知道我沒有讀過她的作品集，說要寄兩三本來，又知道我怕她年老行動不便，改口說，要不然，幾天內如果我能抽空，就煩請德屏陪我去內湖看她，由她當面交給我，同時可以敘敘舊、聊聊天。

我當然贊成。我已退休，時間容易調配，只不知德屏事務繁忙，能不能抽出空暇。想不到與德屏聯絡後，當天下午，就由《文訊》編輯吳穎萍小姐聯絡好，約定十月十日下午三點一起去見畢璞。

二

十月十日國慶節，下午三點不到，我就如約搭文湖線捷運到葫洲站一號出口等。不久，德屏與穎萍來了。德屏領先，走幾分鐘路，到康寧老人安養中心去見畢璞。途中德屏說，畢璞雖然年逾九旬，行動有些不便，但能以歡樂的心情迎接老年，不與兒孫合住公寓，怕給家人帶來不便，所以獨居於此，雇請菲傭照顧，生活非常安適。我聽了，心裡也開始安適起來，覺得她是一個慈藹安詳而有智慧的長者。

見面之後，我更覺安適了。記得我第一次見到畢璞，是民國五十年的秋冬之際，在西門町附近康定路的一棟木造宿舍裡，居室比較狹窄；畢璞當時雖然親切招待，但總顯得態度拘謹。相隔五十三年，畢璞現在看起來，腰背有點彎駝，耳目有些不濟，但行動尚稱自如，面容聲音卻似乎數十年如一日，沒有什麼明顯的變化。如果要說有變化，那就是變得更樸實自然，沒有絲毫的窘迫拘謹之感。

由於德屏的善於營造氣氛、穿針引線，由於穎萍的沉默嫻靜，只做一個忠實的旁聽者，那天下午，我和畢璞有說有笑，談了不少往事，讓我恍如回到五十三年前的青春年代。那時候，我才十八歲，剛考上台大中文系，剛到陌生而充滿新鮮感的臺北，常投稿報刊雜誌，常拜訪前輩作家。有一天，我到西門町峨嵋街救國團去領新詩比賽得獎的獎金，順道去附近的《聯合報》和《公論報》社。我到《公論報》社問起副刊主編畢璞，說明我常有作品發表，就有人給了我她家的住址。距離報社不遠，在成都路、西門國小附近。那時候我年輕不懂事，大家也少用電話，所以就直接登門造訪了。見面時談話不多，記憶中，畢璞說過她先生也在《公論報》上班，她如何編副刊，還有她兒子正讀師大附中，希望將來也能考上台大等。辭別時，畢璞說了一句，聽說台大校園春天杜鵑花開得很盛很好看。我謹記這句話，所以第二年的春天，投稿信中附帶留言，歡迎她跟朋友來台大校園玩。就因為這樣，畢璞和鍾麗珠在民國五十一年的春季，相偕來參觀台大校園。

確切的日期記不得了。畢璞說連哪一年她都不能確定。我翻開我隨身帶來送她的光啟版散文集《微波集》，指著一篇〈鄉愁〉後面標明的出處，民國五十一年四月二十七日發表於《公論副刊》。經此指認，畢璞稱讚我的記性和細心，而且她竟然也記起了當天逛傅園後，我請她們到福利社吃牛奶雪糕的往事。

很多人都說我記憶力強，但其實也常有模糊或疏忽之處。例如那一天下午談話當中，我提起雨中路過杭州南路巧遇《自由青年》主編呂天行，以及多年後我在西門町日新歌廳前再遇見他，聽他告訴我「驚天大祕密」的時候，確實的街道名稱，我就說得不清不楚，更糟糕的是，畢璞再次提起她主編《婦友》月刊的期間，真不記得邀我寫過專欄。一時間，我真無辭以對。當事人都這麼說了，我該怎麼解釋才好呢？好在我們在談話間，曾提及王璞、呼嘯等人，似乎又給了我重拾記憶的契機。

我私下告訴德屏，《婦友》確實有我寫過的詩歌專欄，雖然事忙只寫了幾期，但這些文章後來都曾收入我的《先秦文學導讀・詩辭歌賦》和《從詩歌史的觀點選讀古詩》等書中，白紙黑字，騙不了人的。會不會畢璞記錯，或如她所言不在她主編的期間別人約的稿呢？

那天晚上回家後，我開始查檢我舊書堆中的期刊，找不到《婦友》，卻找到了王璞主編的《新文藝》和呼嘯主編的《青年日報》副刊剪報。他們都曾約我寫過詩詞欣賞專欄，印象中有一個與《婦友》大約同時。尋檢結果，查出連載的時間，《新文藝》是民國七十一年，《青年日報》則是民國七十七年。到了十月十二日，再比對資料，我已經可以推定《婦友》刊登我詩歌專欄的時間，應該是在民國七十七年七、八月間。

十月十三日星期一中午，我打電話到《文訊》找德屏，她出差不在。我轉請秀卿代查，傍晚她回覆，已在《婦友》民國七十七年七月至十一月號，找到我所寫的〈古歌謠選講〉，當時的總編輯就是畢璞。事情至此告一段落。記憶中，是一次作家酒會邂逅時畢璞約我寫的。寫了幾期，因為事忙，又遇畢璞調離編務，所以專欄就停掉了。這本來就是小事一樁，無關宏旨，豁達的畢璞不會在乎這個的，只不過可以證明我也「老來可喜」，記憶尚可而已。

三

「老來可喜」，是畢璞當天送給我看的兩本書，其中一本散文集的書名，語出宋代詞人朱敦儒的〈念奴嬌〉詞。另外一本是短篇小說集，書名《有情世界》。根據書後所附的作品目錄，原來畢璞的作品集，已出三、四十本。她挑選這兩本送我看，應該有其用意吧。看《老來可喜》這本散文集，可知她的生平大概；看《有情世界》這本短篇小說集，則可知她的小說特色所在。初讀的印象，她的作品，無論是散文或小說，從來都不以技巧取勝，就像她的筆名一樣，是未經琢磨的玉石，內蘊光輝，表面卻樸實無華，然而在樸實無華之中，卻又表現出一個共同的主題。一言以蔽之，那就是「有情世界」。其中有親情、愛情、人情味以及生活中的情趣。因此，讀來特別溫馨感人，難怪我那罕讀文藝創作的妻子，也自稱是她的忠實讀者。

讀畢璞《老來可喜》這本散文集，可以從中窺見她早年生涯的若干側影，以及她自民國三十八年渡海來台以後的生活經歷。其中寫親情與友情，敘事中寓真情，雋永有味，誠摯而動人。寫懷才不遇的父親，寫遭逢離亂的家人，寫志趣相投的文友，娓娓道來，真是扣人心弦。

其中〈西門懷舊〉一篇，寫她康定路舊居的一些生活點滴，更讓我玩味再三。即使寫她身邊瑣事的小小感觸，寫愛書成癡，愛樂成癡，寫愛花愛樹，看山看天，也都能使我們讀者體會到「生命中偶得的美」，享受到「小小改變，大大歡樂」。「生命中偶得的美」和「小小改變，大大歡樂」，正是她文集中的篇名。我們還可以發現，身經離亂的畢璞，涉及對日抗戰、國共內戰的部分，著墨不多，多的是「此身雖在堪驚」，「老來可喜，是歷遍人間，諳知物外」。這也正是畢璞同一時代大多婦女作家的共同特色。

讀《有情世界》這本小說集，則可發現：畢璞散文中寫得比較少的愛情題材，都寫進小說裡了。畢璞說過，小說是她的最愛，因為可以滿足她的想像力。讀完這十六篇短篇小說，我們確實可以發現，她的小說採用寫實的手法，勾勒一些時代背景之外，重在探討人性，敘寫一些有情有義的故事。特別是愛情與親情之間的矛盾、衝突與和諧。小說中的人物和故事，有真有假，「真」的往往是根據她親身的經歷，「假」的是虛構，是運用想像，無中生有塑造出來的。她把它們揉合在一起，而且讓自己脫離現實世界，置身其中，成為小說中人。

因此，我讀畢璞的短篇小說，覺得有的近乎散文。尤其她寫的書中人物，大都是我們城鎮小市民日常身邊所見的男女老少，故事題材也大都是我們城鎮小市民幾十年來所共同面對的移民、出國、旅遊、探親等話題。或許可以這樣說，較之同時渡海來台的作家，畢璞寫的小說，罕有激情奇遇，缺少波瀾壯闊的場景，也沒有異乎尋常的角色，既沒有朱西甯、司馬中原筆下的鄉野氣息，也沒有白先勇筆下的沒落貴族，一切平平淡淡的，可是就在平淡之中，卻能給人親近溫馨之感。表面上看，她似乎不講求寫作技巧，但仔細觀察，她其實是寓絢爛於平淡。像〈生命共同體〉一篇，寫范士丹夫婦這對青梅竹馬的患難夫妻，到了老年還為要不要移民美國而引起衝突，高潮迭起，正不知作者要如何收場，這時卻見作者藉描寫范士丹的一些心理活動，利用廚房下麵一個小情節，就使小說有個圓滿的結局，而留有餘味。〈春夢無痕〉一篇，寫梅湘退休後，到香港旅遊，在半島酒店前香港文化中心，竟然遇見四十多年前四川求學時代的舊情人冠倫。四十多年來，由於人事變遷，兩岸隔絕，二人各自男婚女嫁，都已另組家庭，正不知作者要如何安排後來的情節發展，這時卻見作者利用梅湘的一段心理描寫，也就使小說有個出人意外而又合乎自然的結尾，不會予人突兀之感。這些例子，說明了作者並非不講表現藝術，只是她運用寫作技巧時，合乎自然，不見鑿痕而已。所以她的平淡自然，不只是平淡自然，而是別有繫人心處。

四

畢璞同時的新文藝作家，有三種人給我的印象特別深刻。一是軍中作家，以寫新詩和小說為主，強調創新和現代感；二是婦女作家，以寫散文為主，多藉身邊瑣事寫人間溫情；三是鄉土作家，以寫小說和遊記為主，反映鄉土意識與家國情懷。這是二十世紀五、六十年代前後臺灣新文藝發展史上的一大特色。這三類作家的風格，或宏壯，或優美，雖然成就不同，但套用王國維的話說，都自成高格，自有名句，境界雖有大小，卻不以是分優劣。因此有人嘲笑婦女作家多只能寫身邊瑣事和生活點滴，那是學文學的人不該有的外行話。

畢璞當然是所謂婦女作家，她寫的散文、小說，攏總說來，也果然多寫身邊瑣事，或者說，多藉身邊瑣事寫溫暖人間和有情世界。但她的眼中充滿愛，她的心中沒有恨，所以她的筆端流露出來的，每一篇作品都像春暉薰風，令人陶然欲醉；情感是真摯的，思想是健康的，真的適合所有不同階層的讀者。

一般而言，人老了，容易趨於保守，失之孤僻，可是畢璞到了老年，卻更開朗隨和，更為豁達，就像玉石，愈磨愈亮，愈有光輝。她特別欣賞宋代詞人朱敦儒的「老來可喜」那首〈念奴嬌〉詞。她很少全引，現在補錄如下：

老來可喜，是歷遍人間，諳知物外。
看透虛空，將恨海愁山，一時挼碎。
免被花迷，不為酒困，到處惺惺地。
飽來覓睡，睡起逢場作戲。

休說古往今來，乃翁心裡，沒許多般事。
也不蘄仙不佞佛，不學栖栖孔子。
懶共賢爭，從教他笑，如此只如此。
雜劇打了，戲衫脫與獃底。

朱敦儒由北宋入南宋，身經變亂，歷盡滄桑，到了晚年，勘破世態人情，不但主張不學栖栖皇皇的孔子，說什麼經世濟物，而且也認為道家說的成仙不死，佛家說的輪迴無生，都是虛妄的空談，不可採信。所以他自稱「乃翁」，說你老子懶與人爭，管它什麼古今是非，說人生在世，就像扮演一齣戲一樣，各演各的角色，逢場作戲可矣，何必惺惺作態，說什麼愁呀恨呀。一旦自己的戲份演完了，戲衫也就可以脫給別的傻瓜繼續去演了。這首詞表現的人生觀，雖然豁達，卻有些消極。這與畢璞的樂觀進取，對「有情世界」處處充滿關懷，是不相契的。我想畢璞喜愛它，應該只愛前面的幾句，所以她總不會引用全文，有斷章取義的意思吧。

畢璞《老來可喜》的自序中，說西方人把老年分成三個階段：從六十五歲到七十五歲是「初老」，從七十六歲到八十五歲是「老」，八十六歲以上是「老老」；又說「初老」的十年是人生最美好的黃金時期，不必每天按時上班，兒女都已長大離家，內外都沒有負擔，沒有工作壓力，智慧已經成熟，人生已有閱歷，身體健康也還可以，不妨與老伴去遊山玩水，或抽空去學習一些新知，以趕上時代。想做什麼就做什麼，豈非神仙一般。畢璞說得真好，我與內子現在正處於「初老」的神仙階段，也同樣覺得人間有情，處處充滿溫暖，這幾天讀畢璞的書，益發覺得「老來可喜」，可喜者三：老來讀畢璞《老來可喜》，一也；不久之後，可與老伴共讀「畢璞全集」，二也；從今立志寫自己不像傳記的傳記，彷彿回到自己的青春時期，三也。

民國一〇三年十月十五日初稿

（吳宏一：學者，作家，曾任臺灣大學中文系教授、香港中文大學中文系、香港城市大學中文、翻譯及語言學系講座教授，著有詩、散文、學術論著數十種。）

【自序】長溝流月去無聲——七十年筆墨生涯回顧

畢璞

「文書來生」這句話語意含糊，我始終不太明瞭它的真義。不過這卻是七十多年前一個相命師送給我的一句話。那次是母親找了一位相命師到家裡為全家人算命。我從小就反對迷信，痛恨怪力亂神，怎會相信相士的胡言呢？當時也許我年輕不懂，但他說我「文書來生」卻是貼切極了。果然，不久之後，我就開始走上爬格子之路，與書本筆墨結了不解緣，迄今七十年，此志不渝，也還不想放棄。

從童年開始我就是個小書迷。我的愛書，首先要感謝父親，他經常買書給我，從童話、兒童讀物到舊詩詞、新文藝等，讓我很早就從文字中認識這個花花世界。父親除了買書給我，還教我讀詩詞、對對聯、猜字謎等，可說是我在文學方面的啟蒙人。小學五年級時年輕的國文老師選了很多五四時代作家的作品給我們閱讀，欣賞多了，我對文學的愛好之心頓生，我的作文成績日進，得以經常「貼堂」（按：「貼堂」為粵語，即是把學生優良的作文、圖畫、勞作等掛在教室的牆壁上供同學們觀摩，以示鼓勵）。六年級時的國文老師是一位老學究，選了很多古文做教材，使我有機會汲取到不少古人的智慧與辭藻；這兩年的薰陶，我在不知不覺中變成了文學的死忠信徒。

上了初中，可以自己去逛書店了，當然大多數時間是看白書，有時也利用僅有的一點點零用錢去買書，以滿足自己的書癮。我看新文藝的散文、小說、翻譯小說、章回小說……簡直是博覽群書，卻生吞活剝，一知半解。初一下學期，學校舉行全校各年級作文比賽，小書迷的我得到了初一組的冠軍，獎品是一本書。同學們也送給我一個新綽號「大文豪」。上面提到高小時作文「貼堂」以及初一作文比賽第一名的事，無非是證明「小時了了，大未必佳」，更彰顯自己的不才。

高三時我曾經醞釀要寫一篇長篇小說，是關於浪子回頭的故事，可惜只開了個頭，後來便因戰亂而中斷，這是我除了繳交作文作業外，首次自己創作。

第一次正式對外投稿是民國三十二年在桂林。我把我們一家從澳門輾轉逃到粵西都城的艱辛歷程寫成一文，投寄《旅行雜誌》前身的《旅行便覽》，獲得刊出，信心大增，從此奠定了我一輩子的筆耕生涯。

來台以後，一則是為了興趣，一則也是為稻粱謀，我開始了我的爬格子歲月。早期以寫小說為主。那時年輕，喜歡幻想，想像力也豐富，覺得把一些虛構的人物（其實其中也有自己和身邊的人的影子）編出一則則不同的故事是一件很有趣的事。在這股原動力的推動下，從民國四十年左右寫到八十六年，除了不曾寫過長篇外（唉！宿願未償），我出版了兩本中篇小說、十四本短篇小說、兩本兒童故事。另外，我也寫散文、雜文、傳記，還翻譯過幾本英文小說。到民國一〇一年，我總共出版過四十種單行本，其中散文只有十二本，這當然是因為散文字數少，不容易結集成書之故。至於為什麼從民國八十六年之後我就沒有再寫小說，那是自覺年齡大了，想像力漸漸缺乏，對世間一切也逐漸看淡，心如止水，失去了編故事的浪漫情懷，就洗手不幹了。至於散文，是以我筆寫我心，心有所感，形之於筆墨，抒情遣性，樂事一樁也。為什麼放棄？因而不揣譾陋，堅持至今。慚愧的是，自始至終未能寫出一篇令自己滿意的作品。

為了全集的出版，我曾經花了不少時間把這批從民國四十五年到一百年間所出版的單行本四十種約略瀏覽了一遍，超過半世紀的時光，社會的變化何其的大：先看書本的外貌，從粗陋的印刷、拙劣的封面設計、錯誤百出的排字；到近年精美的包裝、新穎的編排，簡直是天淵之別。由此也可以看得出臺灣出版業的長足進步。再看書的內容：來台早期的懷鄉、對陌生土地的神奇感、言語不通的尷尬等；中期的孩子成長問題、留學潮、出國探親；到近期的移民、空巢期、第三代出生、親友相繼凋零……在在可以看得到歷史的脈絡，也等於半部臺灣現代史了。

坐在書桌前，看看案頭成堆成疊或新或舊的自己的作品，為之百感交集，真的是「長溝流月去無聲」，怎麼倏忽之間，七十年的「文書來生」歲月就像一把把細沙從我的指間偷偷溜走了呢？

本全集能夠順利出版，我首先要感謝秀威資訊科技股份有限公司宋政坤先生的玉成。特別感謝前台大中文系教授吳宏一先生、《文訊》雜誌社長兼總編輯封德屏女士慨允作序。更期待著讀者們不吝批評指教。

民國一〇三年十二月

【代序】小說是我的最愛

小說，是我的最愛，因為它可以滿足我的想像力。小時候看小說，固然是為了看故事（也曾為了看小說看得廢寢忘餐而捱父母的罵），但是我卻更熱衷於想像書中人的音容笑貌以及結局以後情節的發展。長大後寫小說，除了要探討人性，表現時代動脈外，我更以塑造無中生有的人物為樂，那真是文學創作中最大的吸引力。

從民國四十五年出版了我的第一本短篇小說集《故國夢重歸》開始，我發表過幾百篇短篇小說、兩部中篇以及翻譯過不少英文小說，一共出版過十五種小說單行本，而散文的單行本則只有十二種，可見我對小說的情有獨鍾。

我之所以偏愛小說，是因為無論在閱讀小說或寫作小說時，我都會暫離現實，化身為小說中人，進入書中人物的內心，而渾忘自己正處在紛擾的塵世中。我把看小說和寫小說都當作是一種臥遊或漫遊，而自得其樂。

本書所選的十六篇短篇小說背景的時代差距前後共有二十餘年，然而它們卻有一個共同的主題：「有情有義，有血有肉」。它們的「情」包括了親情、愛情、人情味，還有生活中的情趣。而書中人物都是你我身邊常見的男女老少，也許你會覺得他們似曾相識，甚至呼之欲出。所以我給這本短篇小說選集一個總名：《有情世界》。

在編纂本書的時候，我採取的是「逆向」的方式，就是把最新的作品放在前面，然後按發表先後反過來排下去。讀者們假使從第一篇順序看下去，將會有走進時光隧道的感覺。也可以從今日的移民潮以及一窩蜂出國風氣，看到當年單純的簡樸生活。年長的人可以重溫舊夢；年輕的人則不妨當作歷史看。

「一花一世界，一葉一如來」，這本《有情世界》中的每一個故事、人物都是虛構的，但是每一篇都是社會中的一個真實面，希望你喜歡它們，也希望它們能夠滿足你的想像力。

畢璞

八十六年六月

作者攝於香港

作者近照

目次

生命共同體

范士丹把兩份日報的每一版都看完了，肚子開始咕咕作響，根據他的經驗，現在應該是十一點半，而他的老妻淑真也應該在廚房裡刀鏟齊鳴，再過半個鐘頭，一頓香噴噴熱騰騰的午餐就可以上桌。他放下報紙，側耳聆聽。咦！屋子裡怎麼靜悄悄的，無聲無息，跟平日完全兩樣？

他走進廚房，不但沒看到老妻的蹤影，而且所有的廚具都好好地擱在原位，飯鍋也是空的，看來午餐還完全沒有著落。

「淑真！淑真！怎麼還沒有做飯呀？」他一面大聲嚷著一面走向臥室。

沒有人回答。房間裡，淑真蓬鬆著一頭白髮斜躺在床上，看見他進來，眼睛也不抬，只是有氣無力地說：「我不舒服，胃痛又犯了，你自己去買飯盒來吃吧！我沒力氣燒飯了。」

「怎麼又胃痛啦？要不要去給醫生看看？」范士丹的心馬上往下沉。這個月淑真第二次喊胃痛了，這些年來她的情緒全都反應在胃痛上，心裡有什麼不愉快，胃就會痛。他帶她去檢查過，也照過胃鏡，並沒有發現什麼毛病，只不過胃酸的分泌稍多而已。醫生悄悄告訴范士丹說這是女人家的心理病，要多擔待妻子一些。范士丹也明白這一點，他從不揭穿淑真的「偽裝」，心裡即使有些許不快，卻是連眉頭也不敢皺一下。

「不要！不要！我吃點藥睡個覺就會好一點，你不要吵我便行。」淑真揮手趕他出去。

「那你要吃什麼呢？」他小心翼翼地問。

「我正在胃痛，還吃什麼東西？你出去吧！別吵我啦！」

「好！好！那你多休息啊！」他輕輕關上房門，立刻就出門到巷口那家小飯館去買飯盒。飯館的老闆因為范士丹經常光顧而跟他相熟。見了面就問：「怎麼？老太太又不舒服啦？」

「可不是？又犯胃病了。」

「我看大概是閒出來的毛病吧？老先生您倒是挺健朗的，沒事多帶太太出去玩玩，她就不會生病了。」

「是呀！是呀！」范士丹敷衍著點點頭，拿了他的一盒什錦炒飯就往外走。要是淑真肯跟我出去玩就好了，可是，她肯嗎？老太婆生理和心理上的毛病太大了，看情形我得忍受一輩子，而我們這一次的移民計畫大概也是十之八九會功敗垂成。淑真，你以為我不知道你為什麼會胃痛？昨天才拿到移民簽證，我正在興高采烈地準備摒擋一切，你又開始搗蛋了。

回到家裡，推開房門看見淑真睡著了，范士丹躡手躡腳走到飯廳享用他的中飯。退休已經九年的他，由於一向起居定時、飲食節制，而且生性豁達，精神也有所寄託，所以身體仍然十分健康、胃口也很好。但是，現在他似乎有點食不知味，淑真近一、二十年來所給予他精神上那副無形的枷鎖是愈來愈重，甚至變成了他人生旅途上的絆腳石。他們的命運在五十一年前就已結合在一起，除了認命以外，他又能怎樣？

人為什麼會變？變老，變醜，連性格也變得完全不同？變老變醜是自然法則；但是，性格呢？淑真當年的溫婉嫻靜到哪裡去了？今天這個嘮叨、瑣碎、頑固、倔強的老婦人會就是我童年所依戀的小姐姐？

范士丹獨自坐在飯桌前，應卯似地在進食，心思卻回到六十多年前他和他的小姐姐淑真在一起嬉戲的情景。

他們住在同一條村子裡。范士丹的父親早逝，他是他母親的獨子，家中略有田產。王淑真的父親是個裁縫，母親生了六千金，淑真是么女。她從小長得嬌美甜蜜，性情又乖巧；儘管家中因女兒太多而沒有人對她重視，范士丹的母親卻因自己沒有女兒而對淑真十分喜愛，十歲那年范太太便認她為乾女兒。她比范士丹大三歲，他總是稱她為小姐姐。

范士丹記得淑真那時有一雙明亮的大眼睛，皮膚白裡透紅，左頰還有個小小的酒窩。她經常梳著兩條辮子，髮梢繫著一對紅蝴蝶結，身上穿著花布的唐裝衫褲，是個人見人愛的小姑娘。

小姑娘對這個乾弟弟才疼愛哪！她常常牽著他的小手到田野間去玩。她教他跳繩、踢毽子、踢紙球、滾鐵環、騎竹馬；她捉蜻蜓、蝴蝶和金龜子給他玩。玩累了，她帶他回家，幫他洗手洗臉，倒茶給他喝。她不但是他的玩伴，也是他的保母，甚至是小媽媽。

范太太對這個乾女兒滿意極了，而小姑娘也很會討大人歡心。知道王家入息少而又食指浩繁，范太太隔幾天就會找藉口讓淑真留下來跟她母子一起吃飯，這樣一來，他們之間相處的時間更多，幾乎等於是一家人。

可是淑真快樂的童年並沒有維持多久，到她小學畢業時便宣布結束了。正因為她父親是個裁縫師，撫育六個孩子不是容易的事。他只供孩子們上完小學就逼著她們跟他學做衣服，也就是做他的學徒，從釘鈕子學起；然後，到了十八歲，就趕快把她們嫁掉。淑真小學畢業那年，她的大姊、二姊和三姊都已出嫁，而她也得開始做爸爸的小學徒了。

既然做了學徒，就不能像以前那樣下了課可以隨便去玩，現在的淑真簡直變成了籠中鳥。她還好，願意認命。范士丹可不行，幾年來被「小姐姐」寵慣，一旦失去了她，竟然覺得日子過不下去，他天天跟媽媽吵著要「小姐姐」，范太太自己又何嘗不想念乖巧的乾女兒？

有一天，范太太拿了一塊布料要請王裁縫給她做旗袍，還帶了范士丹一同去。走進裁縫舖，一眼就看見淑真坐在一張小板凳上，在不怎麼充足的光線下，低頭在縫鈕子。

「小姐姐！小姐姐！」范士丹高興地叫了起來。

淑真先是錯愕地抬起頭來，後來看見了范太太，便站起來恭敬地叫了一聲「乾媽」，沒有理會小男孩。

「小姐姐，你為什麼不到我家來玩嘛！」小男孩不識相地拉扯著淑真的手。

「小少爺，我們窮人家的孩子不像你們命好，可以天天玩，你的小姐姐得幫忙做工才有飯吃呀！」王裁縫不怎麼客氣地給小男孩澆了一盆冷水。

「我不管！我不管！我要小姐姐陪我玩！」小男孩哭鬧著。

當時范太太怎樣化解了這場尷尬，事隔六十多年，范士丹已不記得了。他只是清楚地知道，不要說現在，就是十年前、二十年前，乃至三十年前，也不會再有對他小姐姐那種依賴和眷戀之情了。那時，他只不過是個十歲的孩子嘛！何況，人是會變的，他變了，她也變了。

她變得真多，一些從前的優點都變成了缺點。溫柔變成懦弱，嫻靜變成了沒有個性。而她的低教育水準，長期在家中擔任賢妻良母的角色，在年老之後，又變成了一個思想閉塞、無知而又頑固的人。

就說這一次的移民事件吧！早在十年前，他們在美國的三兒一女就計畫著等爸爸退休了，要接兩老到他們那裡安享晚年。老大住在紐約，老二住在華府，老三住休士頓，老么住洛杉磯。三個哥哥和妹妹商量的結果：紐約和華府冬天太冷，休士頓夏天濕熱，不太適合老人家居住；加州氣候溫和，華人又多，是理想的移民地點；而且媽媽和女兒也可以有伴。四個孩子向父母提出他們的意見，范士丹有點心動，淑真卻極力反對，說什麼自己不懂洋文，不習慣跟洋人在一起，爸爸又不會開車，出門不方便等等一大堆不成理由的理由。范士丹那時一則還沒有退休；二則他捨不得離他一夥談得來的老友；三則淑真的身體日漸衰弱，大小毛病不斷，他知道美國的醫藥費用很貴，在還沒有拿到醫藥保險之前，日子是很不好過的，所以也沒有具體地答覆他的兒女。

人都是有惰性的，范士丹在九年前退休，移民的事就一直拖著。到了去年，由於台海情勢緊張，他的兒女舊事重提，又要父母移民到美國去。

「去吧！垂老投荒，雖是昔人所忌；但是，孩子們的一片孝心也不容抹煞，我就以壯士斷腕的心情到國外去開拓晚年的新天地吧！」范士丹輕喟著作了這個決定。

他，七十三歲，本來高大的身軀，依然挺拔；灰白的頭髮襯托著紅潤的臉色，更顯出長者的尊貴。退休後他除了參加了一個老人書法班，經常和老友弈棋聊天外，也曾經跟團出國旅遊過好幾次。每次他要淑真和他一起去都被她拒絕，她的理由很多：怕坐飛機、不懂洋文、身體不好走不動、不喜歡跟陌生人一起玩……。其實，真正的原因是她的自卑感在作祟。她年長范士丹三歲，偏偏范士丹又始終不老，兩個人站在一起已漸如「母子」；加以她知識水準低，而多年來又不求上進，跟現實社會幾乎脫節；所以她極力避免和范士丹外出，一般應酬她已絕不參加，更何況出國旅遊？

四個孩子都在美國，照理兩老應該常常去散心才對吧？對淑真而言，可不。范士丹還沒退休前他們居然一次都沒有去過；退休後，在四個兒女的力促下，淑真很勉強地答應和老伴赴美探望他們和他們的配偶及孩子。他們先飛洛杉磯，淑真第一次搭乘飛機，緊張得吃不下、睡不著。不巧的是，飛到半途，遇到了強大的亂流，飛機上下劇烈晃動著，淑真嚇得面無人色，差點哭了起來。到了美國，她就吵著要回台，而且死也不肯去東岸及南方探望三個兒子，因為那又得坐很多次飛機。三兄弟不得已，只好移樽就教，各自向工作單位請假，帶著妻兒飛到洛杉磯和雙親及妹妹一家見面。分別了多年，一家三代老小這才第一次得以團圓，淑真雖然高興得合不攏嘴，可是她一想到坐飛機的恐怖，又暗暗發誓絕不再來。

「下一次，你們統統回台灣來團聚好了，我們老人家出門不方便啊！」淑真先把話說在前面。其實，范士丹那時才六十六，還是個風度翩翩的偉男子，一點也不老。而她也還不到七十，可惜已滿頭白髮，形貌也日衰，那是因為她長年關在家裡甘心做黃臉婆之故。

儘管兩人在外形上和思想上的距離都越來越遠，范士丹卻始終不曾嫌棄淑真。她本來就比他年長，本來就只有小學畢業的程度；但是，她永遠是他的小姐姐，他不會因為她衰老變醜而不喜歡她的。

他十五歲那年，抗戰軍興，那時，淑真已成為范太太的義女，並且已住到范家四年。王裁縫不幸在四年前病逝，王大娘帶著三個還沒出嫁的女兒幾乎無以為生，范太太就主動的認養了淑真，減輕了王家的負擔。范士丹得以日夜和他的小姐姐在一起，就如魚得水般心滿意足。范太太看在眼裡，心中早已打定主意。當華北的烽火逐漸南移，他們的家鄉福州也危在旦夕時，范太太的么弟陳永明——一個正在唸大二的學生，準備到大後方繼續學業。范太太要士丹帶著淑真跟著小舅舅一起到內地升學，她拿出一筆相當大的積蓄交給弟弟，請他照顧士丹，務必讓他唸完大學。她自己要留在家鄉，守著這分產業，等他們回來。出發前夕，她當著弟弟的面，把士丹和淑真叫到面前，對兒子說：

「孩子，你們這一去，不知道什麼時候才能回來。淑真今年十八歲，是個大姑娘了。你不是很喜歡她嗎？就給你做媳婦吧！我給你們先訂婚，這樣你們在路上也方便些。等你高中畢業時，就讓舅舅作主給你們圓房。將來，要是我這個做娘的能等到你們回來，我也該抱孫了。」

范太太把淑真的手放到士丹的手裡。「士丹，你是男孩子，你在外可要保護你的姊姊，不，你的媳婦啊！淑真，我把士丹交給你了，你要替我照顧他啊！」說著，娘兒三人抱在一起哭作一團。范士丹傻不愣登的也不知道要說什麼好，糊裡糊塗地就變成了淑真未來的，也是一生一世的小丈夫。

陳永明把士丹和淑真間關千里地帶到當年一般青年最嚮往的精神堡壘——陪都重慶去。三個人租了一間小小的平房住下，陳永明順利地繼續唸他的大三，范士丹也考上了一所高中。兩個男孩上學後，淑真在家裡替他們洗衣、燒飯。她足不出戶，全心全意地服侍兩個男人，默默地等候士丹高中畢業。

他們離開故鄉沒有多久，福州就淪陷了，從此跟范太太失去了聯絡。士丹和淑真傷心地哭了幾天幾夜，幸而年長幾歲的陳永明相當成熟懂事，使這兩個半大不小的孩子算是找到了暫時的依靠。范士丹高中畢業時陳永明已在社會上工作了一年，他記得姊姊的囑咐，準備替他的外甥主持婚禮。但是士丹沒有答應，他覺得自己還小，同學中還沒有人結過婚，自己這樣做，會引人訕笑。

「小舅舅，你都二十幾歲了，你還沒有結婚，我怎可以比你早？這樣吧，你先去交個女朋友，等你們結婚了，我們再跟進。那時，我已經是個大學生，就沒有人笑我了。淑真，你說這樣好不好？」范士丹振振有辭地說。自從離家之後，他不再稱淑真「小姐姐」了，因為她已是他的未婚妻。

「假使我到三十歲都找不到老婆，那豈不是害死你們？何況，我將來還要向你母親交代，她會怪我的。」陳永明說。

「我母親是個明理的人，她不會的。只是，淑真，我這樣耽誤你，太對不起了。」范士丹深情地注視著他那永遠的「小姐姐」。淑真嬌羞地低著頭，兩朵紅雲飛上雙頰。

陳永明在三年多後成婚，也搬出了他們三人共同生活的小窩。那時，距離范士丹大學畢業只有幾個月，他就決定一畢業馬上結婚。反正，「新房」是現成的，稍加佈置就行。婚禮嘛！免了。請同學們吃吃簡單的茶點；由舅舅主婚，兩個好朋友當介紹人，有一份合法的結婚證書就可以了。那一年，范士丹二十二歲，王淑真二十五歲。

新婚的生活甜蜜而歡樂。范士丹找到了一份小差事，每天早出晚歸。淑真仍然像過去七、八年一樣，用全副心力來照料這個小家庭。如今，她既是士丹的妻子，又是他的母親和姊姊。士丹回到家裡，飯來張口，茶來伸手，享盡了作為一個丈夫的福分。他不曾到過天堂，但是他想天堂大概也不過如此。

婚後才一個多月，抗戰勝利了，范士丹喜極欲狂，馬上寫信寄到家鄉給母親報告平安，並且準備回去省親。他等了很久都沒有接到回信，正在憂心忡忡時，陳永明卻已和家鄉的哥哥聯絡上，原來士丹的母親因為掛念兒子，積鬱成疾，已不幸於一年前病逝。接到噩耗，士丹和淑真都大慟不已。他辭去工作，小夫妻倆立即動身回去。為了陪伴亡母，士丹在家鄉一所中學裡當了兩個學期的老師。後來有一個同學邀他到台灣闖天下，於是，他帶著淑真和他們剛滿一歲的長子到了台北。想不到，一住就住了四十九年，早已在此落地生根。

士丹在台北進了一個公家機關工作，也是一幹就幹了將近四十年，倒也一帆風順，直到屆齡退休。來台後，淑真連續為他再生了兩男一女，六口之家，靠著士丹一份菲薄的月薪維持，日子相當拮据。還好淑真懂得勤儉持家，也終於撐過去，把四個孩子都撫養成人，大學畢業後，也全都拿到國外的獎學金出國留學。

孩子們都在家時，家裡的氣氛是既熱鬧而又和樂，到了只剩下二老寂寞相對時，兩個人都有點不能適應，甚至不知所措。范士丹還好，他有一份工作，不致無聊。淑真由於她的整個天地都在丈夫和子女身上，現在她幾乎是一無所有了。她發現她和范士丹之間可談的話題越來越少，而范士丹也越來越沉默。下班回家，他總是用一張報紙遮住臉，直到她喊他吃晚飯。晚飯後，他躲在房間裡看小電視機播的新聞和事先錄下來的長片或影集；而淑真在客廳那座大型電視機前看的卻是他不屑不顧的連續劇或綜藝節目。他喜歡欣賞古典音樂，她嫌「吵死人」；他跟著錄音帶進修英文，她笑他臨老學吹打。范士丹有時看她太無聊，要帶她去看場電影，她說她看不懂西片，而他看得上眼的國片她又不感興趣。那麼，上上館子，逛逛百貨公司吧？

「何必花那個冤枉錢呢？你嫌我做的菜不好吃？我們剛去重慶的時候你不是常說我做的菜跟媽媽做的一樣美味嗎？逛公司，算了吧！我們又不缺什麼？不如坐在家裡喝喝茶舒服多了。」

他的任何建議她從來都不肯接受，他說什麼她都有反對的理由。這一次辦移民，因為是孩子們的主意，而且她的確不太清楚移民的真正意義，所以沒有說什麼。范士丹還以為她同意了，他一手挑起這個重擔（事實上她也無法分擔）。從到處奔跑申請各種證件、填寫一大堆表格、帶淑真到照相館照幾種不同的照片、到醫院去做體檢，然後是最後一道手續——面談，前後經歷了八個月，也付出了不少辛勞。出乎意料的是，面談的第二天就拿到了移民簽證，不過卻規定要在一百二十天內成行，否則就失效。

順利地領到了兩份移民簽證，范士丹馬上掛越洋電話向兒女們報喜訊，他的兒女們也興奮萬分地等候雙親的到來，到時太平洋兩岸的三代人就可以大團圓了。然後，范士丹又喜孜孜地向妻子宣布他們的移民計畫：賣房子、整理行李，永遠移居新大陸。

「不！我不要！我不要到美國長住。」淑真現在弄清楚什麼是移民了，馬上誓死反對。

「為什麼不要？那邊的居住環境比較好，你現在三天兩頭就生病，到了那邊說不定身體就會好起來。再說，你有小真作伴，又有兩個外孫給你抱，豈不比在這裡的日子熱鬧得多？」

「我就是不要！小真已經出嫁，我們為什麼住在她家裡？那兩個外孫？算了吧！說的話我都聽不懂，他們眼裡又何嘗有我這個外婆？」

「你真是的！我們只是暫時先住小真的家，等買到房子，我們就會搬走。那邊的房子都那麼漂亮，前後有院子，你就可以種種花了。」

「房子再漂亮我也不要去。我是中國人，我要住在自己的土地上。再說，我怕坐飛機。我全身是病，到了那邊又沒有健保，怎麼辦？」淑真的理由越來越多了。

「拜託！這些問題都可以解決的。四個孩子一片孝心要我們去，我也辛勞了這麼久才拿到簽證，你就不要刁難了好不好？」范士丹急得都快要下跪了。

「什麼？你說我刁難？噢！噢！」淑真本來很生氣地大聲的嚷著，後來卻變成像呻吟一樣。「我的頭好痛！我要去躺一下了。」

「頭痛？我去拿阿斯匹靈給你服好嗎？」范士丹一聽妻子呻吟，立刻慌了手腳，剛才說的話全都給忘了。

淑真從小時直到壯年，都是個健康寶寶，雖然不是出身農家，卻也具有農村女性刻苦耐勞的體質。中年以後，身體狀況開始走下坡，從頭到腳，大小毛病不斷，陪她上醫院成了范士丹的家常便飯。他體念她在抗戰時期跟他吃過苦，來台後不但為他生男育女，還在物質極度拮据的情況下克勤克儉地持家，現在，年紀到了，多病是自然的。他感激她過去為這個家的奉獻，也憐恤她現在的體衰。

「淑真，你不要為你的健康擔心，你有我哩！你看，我壯健得像頭牛一樣，我會照顧你的。」范士丹衷心地說。

「算了！我知道你年輕。等我哪一天走了，你還可以再娶一個哩！」

淑真毫不領情而又蠻不講理的話惹惱了范士丹，忍不住拂袖出門，在外面生了半天悶氣。

更糟的是，每次他陪她去看完醫生回來，她以為很嚴重的病，醫生卻告訴她不要緊。她從來不相信醫生的話，認為醫生打馬虎眼，而終日自憐自艾，弄得一家人的情緒都陷入低潮。孩子們在家時情形還不嚴重，等到只剩下二老，就更加變本加厲，整天喊不舒服。在她的心目中，她從頭到腳，從裡到外，沒有一個地方是健全的。幾乎每個月都要跑個兩三次醫院，家裡飯廳的櫥櫃裡塞滿了她各式各樣的藥品。這還不打緊，最令范士丹頭痛的是，她一天到晚懷疑自己得了絕症，而且還會很認真的問士丹：

「我死了你會不會再娶？你跟我結婚，真是委屈你了，我死後你可以再娶一個年輕的大學畢業生嘛！反正你還不老，對不對？」

范士丹每次都被她這些話氣得快要發狂，可是，他除了以這一句：「你不要亂講，你不會死的。」來堵住她的嘴以外，又能怎樣？她是他結褵五十一年的妻子；他們是青梅竹馬的玩伴，她是他母親疼愛的義女；他們的婚姻奉的是母命；她曾經陪他走過戰爭與貧窮；她曾經為這個家付出了她的青春與健康；她……。啊！她今天的多病，豈不是因我而起？

他的一盒什錦炒飯越吃越冷，也越吃越沒有味道；當他勉強吃到最後一口時，淑真忽然出現在飯廳的入口。

「咦！你起來做什麼？你不是胃痛嗎？為什麼不躺著？」他吃了一驚，而且還有點心虛的感覺。

「胃痛也要喝水嘛！」淑真邁著小碎步，蹣跚地走向放熱水瓶的櫃子。

「你可以喊我替你倒呀！你坐下來，我來倒。」士丹立刻跳起來扶妻子坐下，再替她倒了一杯溫熱適中的開水。「你肚子餓不餓？我替你下一碗麵好不好？」內疚使他對她加倍慇懃。

「范士丹。」她不回答他的話，劈頭劈腦就連名帶姓地喊他，這是她生氣的表示。「你是決定要把這間屋子賣掉，搬到美國去長住了，是不是？」

「是呀！這是孩子們的一番好意。再說，移民簽證好不容易拿到了，當然就去嘍！」

「那麼，你自己去吧！不過，你把房子留給我，我一個人照樣可以過的。」淑真說著，眼眶就紅了起來。

「淑真，你這是什麼話？凡事好商量嘛！我怎會把你一個人丟在這裡？而且孩子們也不會答應呀！」

「可是你那麼想去，而我又不想去，那怎麼辦？是我拖累了你啦！我早說過我們不應該結婚的，我本來就配不上你，你要是娶了別人，就不會有這個問題了。」

「你又來了！你不要再說這些沒有意義的話好不好？」她每次抬出這個莫名其妙、令他啼笑皆非的理由做擋箭牌時，他都會被激怒，但是他有一副多年修養得來的好脾氣，所以從來不會發作。他作了一次深呼吸，改用平靜的語氣對她說：「你假如真的不想去，我們再商量好了。妳千萬不要生氣，身體要緊呀！嗯！」

他知道：他的移民計畫大概告吹了，這是上天的旨意嗎？淑真說的話沒有錯，她跟他不相配，年齡、學識、健康、興趣、思想……通通不合；可是他們曾經相愛過，現在即使已經沒有愛情，也還有著一分相依為命的感情，他們是一起生活了六十多年的生命共同體，她不肯去，他又能怎麼樣？

換一個角度想想看，多少老夫婦出國依子女都是乘興而去敗興而返？我們雖然不需要他們供養，但多少也會增加子女的心理負擔。我們在這裡生活得好好的，到了這把年紀，何苦連根拔起？淑真已經是坐七望八之年，健康情形又差，勉強跟我去了異邦，萬一因不適應而引起更多的病痛，那我豈不罪該萬死？不！不！這個險不能冒。

他想淑真一定餓了，沒有徵詢她的同意，就逕自到廚房去為她下麵。誰知淑真卻跟了進去，問他要幹什麼。這廚房是她的王國，他的禁地，平常都不准范士丹進入的。

「我想吃麵嘛！」他故意逗她。

「鬼才相信，剛剛吃了一盒飯，又想吃麵？」她白了他一眼。

「給你吃呀！」

「走開！走開！你不會弄的，我來下。」她推了他一把。

「怎麼？胃不痛啦！」他嘻皮笑臉地。

「死鬼！走開呀！別擋著我。」她開始俐落地洗菜切肉，一點也沒有病容。

能夠永遠保有目前這樣的日子也不錯。他忽然想起了他在九歲那一年，曾經在一個小樹林中玩耍時偷偷吻了他小姐姐的臉頰一下。淑真羞得粉臉酡紅，嬌嗔地罵了他一聲「死鬼」，他卻高興得拍手大笑。此情此景，猶在目前，然而光陰之河已無聲地流逝了六十多年；幸運的是，當年的孩童和少女依然健在，也依然相親相愛。

有一個和自己共甘苦同進退的生命共同體，比起那些鰥寡孤獨的老人，毋寧是一種福分。罷！罷！活到這把年紀，雖不敢說已參透人生；不過，他對世間一切，的確已能夠處之淡然。到美國去和兒孫大團圓，安享晚年，固他所願；但是他的另一半——他的生命共同體跟他持相反的看法，那麼就留下來，守著多年來的家園和生活模式，又有什麼不好？本來，一動就不如一靜。

范士丹微笑著走出廚房，一時間頓覺心境恬然泰然，快樂得不得了。馬上，他轉身又走回廚房門口，大聲地喊著：

「淑真，多下一點麵，我也要吃啊！」

「神經病！」

他聽見淑真在喃喃地說。她雖然沒有回過頭來，他知道她的臉上一定帶著笑意。

春夢無痕

在溫煦冬陽的撫慰與輕柔海風的吹拂下，梅湘坐在那一排高高的石階上的人叢中，已經忘了有多久。起初她是因為逛累了，想在這裡歇歇腳。她遙望著不遠處銀波蕩漾的大海；遠眺對岸一幢幢林立著像是從海中升起的摩天樓；再看看坐在她四周說著她聽不懂的方言的人群，心中不禁有了些微的不安。我實在不應該來的，就安分守己的做個從來不曾出過國的土包子算了。現在可好了，雖然是跟團來的，卻落得形單影隻地坐在這裡曬太陽，何苦來哉？她忍不住自怨自艾起來。也許是天氣太暖和了，也許昨晚在旅館睡得不好，被陽光直射著的眼皮開始變得沉重，她變得昏昏欲睡。

兩個月前才退休的梅湘是在她的獨子王浩的慫恿下才破天荒地參加旅行團到香港來的。王浩說，媽媽你辛苦了一輩子，做了幾十年等因奉此的公務員，現在無「官」一身輕，不趁著還不太老出去看看世界，更待何時？別人年紀輕輕就已周遊列國，你歲數一大把還沒出過國門，也不怕被人說你落伍？「去呀！媽媽，你要是捨不得錢，我請你去也可以。」

「那怎麼成？你賺那麼一點點錢，存著做討老婆的本錢吧？媽媽不是捨不得錢，只不過對旅遊興趣不太大罷了！既然你這樣熱烈的鼓吹我去，就聽你的吧！」

她參加了這一團號稱NO SHOPPING，三天兩夜的香港團。過去的兩天半，去過了海洋公園、太平山頂、淺水灣、沙田、赤柱等著名觀光據點外，現在是第三天的下午，吃過中飯就是自由活動時間。五時，全體要回旅館，然後就到啟德機場搭機回台北。在這三小時的自由活動時間裡，大部分團員跟著導遊去買「便宜」的藥品和化妝品；也有人自己去「血拚」或探訪親友的，梅湘對購物毫無興趣，也沒有親友可訪，就一個人到處閒逛。她無意中發現了這座距離自己所住旅館不遠的新型現代建築物，和正對面古色古香的半島酒店相映成趣。走到前面，才知道這是「香港文化中心」。

她抱著隨緣的心情走進去，在小型劇場中站著看了幾分鐘現代劇，廣東話她聽不懂，新新人類誇張的演技她也看不順眼，就離開了。在二樓，她看了一個很不錯的畫展，但也只不過花了她十來分鐘。從另一道樓梯走下去時，她發現這座位於九龍尖沙咀碼頭附近的建築物後面是海，剛好與香港島中環林立的摩天樓遙遙相望，在晴朗的天色下，那幢像一把劍刺向天空的中國銀行大廈的尖頂都清晰可見。這奇特的都市景色吸引了她，同時，也走累了。她看見台階上坐滿了人，也就隨便找了個空位坐下來。起初，她充滿著好奇心東張西望，看對海的高樓，看碧波輕漾的大海，看四周的遊人。漸漸的，一股孤獨之感隱隱自胸臆升起。我為什麼會坐在這裡？這些人是陌生的，土地也是陌生的，我坐在這裡做什麼？她想站起來離去，可是疲乏的身心又使得她似乎不能動彈。她輕閉著雙眼，竟然覺得很想睡。

正當她在嘈雜而陌生的人聲中半睡半醒時，忽然她聽懂了一句：「冠倫，我們不要回去了好不好？」是一個老婦人的聲音，說的是道地的四川話。

出來三天兩夜，除了跟旅行團的人在一起之外，梅湘耳裡聽到的都是她完全不懂的粵語，使她幾乎以為自己到了另外一個國度（事實上也是，不過那些人跟自己一樣都是炎黃華冑而已）。忽然間聽到她所熟悉的方言，不禁大喜過望，睡意全消，忍不住豎起耳朵來聽。

「★子嘛？不要回去？」這是蒼老的男聲。

「我說我們就住在兒子家裡不回去，我受不了那間破爛的宿舍啦！」老婦人的聲音提高了一些。

「你瘋了？在這裡莫要亂講話，當心讓別人聽到。」

梅湘看見她下面兩排的人群中有一個白髮的頭顱向左右晃動了一下。坐在這個老人旁邊的是一個頭髮斑白的老年婦女。

「你才神經病！這裡又不是老家，怕什麼？再說，這裡的人又聽不懂我的話。」老太太的聲音越來越大。

「小聲一點好不好？隔牆有耳呀！」

「好！好！冠倫，你聽我說，念渝這次接我們出來玩，對我們還挺孝順的，你說對不對？我看他們生活得不錯，多養兩個老人家應該沒有問題。再說，我也可以幫他們帶孩子、做家務嘛！你說好不好？」老太太呢呢喃喃地說著，梅湘卻仍聽得一清二楚。

「我說你瘋了就是瘋了。你怎麼不想不想：他們的房子那麼小，長期住那裡容得下我們？再說，就算念渝同意，你以為安琪會答應？你忘了她那副冷面孔？更何況彼此言語不通？她那種香港小姐脾氣我可受不了！」

梅湘特意觀察那對老夫婦的衣著，男的是一件深藍色的茄克，是大陸男人常穿的那種，女的是一件黑色粗毛線外套，一般老婦人都這樣穿，不太容易判斷她來自何地，但是她那一頭沒有削薄髮尾的齊耳直髮卻洩漏了她的身分。

可憐的老人！雖然已到了風燭殘年，他們還是嚮往資本主義社會的物質生活，這就是人性吧？不，也許他們只是渴望親情的溫暖，想在有生之年能一享子孫承歡的天倫之樂啊！梅湘凝視著那一對距離她只有兩層台階之遙的老人的背影，想到自己的丈夫雖然已經病故十年，但是還有孝順的兒子在身邊，而且又得以生活在自由世界裡，在感慨萬千中不禁微微覺得一絲安慰。

「冠倫，那你說我們怎麼辦？」老婦人雙手摟著老人的一隻臂膀搖撼著，口氣在撒嬌中透著無奈。

「怎麼辦？乖乖回去呀！就算念渝肯收容我們，我們也沒有居留權，難道你想當偷渡的難民不成？」

「真是沒有天理呀！我們在文革時期吃了那麼多的苦頭，到現在老了，還要住在那間破宿舍裡挨窮受罪，這是啥子世界嘛？」老太太有點歇斯底里地叫了起來。

「好了，別嚷了！我們回去吧！」老先生壓低了聲音說，一面回過頭來向後面張望，像是怕被人聽見他老伴的話。就在這一刹那間，梅湘看到了老人的大半張臉。那高闊飽滿的前額和挺直的希臘式鼻子，在蓬鬆的白髮和佈滿風霜的臉龐上還是顯得十分出色，她忽然有了似曾相識的感覺。難道是他？從他的年齡和口音來判斷，大有可能。剛才他太太喊他什麼來著？冠倫，對了，他很可能就是她曾經朝思暮想的趙冠倫啊！一別四十六年，居然在這片陌生的土地上邂逅，豈不是奇遇？

她正猶豫著要不要喊他時，老人已顫顫巍巍地站了起來，一面向他的老伴說：「阿雲，我們回去吧！」

老婦人也站起來，她的個子非常嬌小，比老人幾乎矮了一個頭。可是，在穿越人群，走下台階時，她一直攙扶著他，看起來走得非常吃力。

梅湘也跟著站起來，她小心翼翼地從密密麻麻的人叢中沿著台階走下去。兩個老人走到地面時向右方走，她就在他們幾步之遙的距離後跟著。這時，她發現老人在走路時是一拐一拐的；不過，他並沒有用枴杖，只靠著他妻子的扶持。

對了！這個人百分之一百是趙冠倫了。當年，他雖然長得英姿挺拔，宛如玉樹臨風，可卻是天生長短腳，走路的姿勢使他看來像是個殘障者，缺德的同學還在背後稱他做「瘸子」，而這也是梅湘父親反對他們交往的主要原因之一。

看著在前面艱困地走著，滿頭白髮，彎腰駝背的衰老男人，梅湘想起了他們做同學時那個俊秀高挺的少年郎，不覺心疼不已。他們在大學裡同屆同系，趙冠倫因為家貧，高中畢業後先做了三年事才去上大學，所以比她大了三、四歲。不過，即使如此，他今年也還不到七十，怎麼蒼老到這個程度？想必是這幾十年來在大陸受苦的結果，剛才他太太不是也提到他們在文革時期受過罪嗎？

不，還是不要喊他算了。以他目前的情況，看到來自台灣、衣著光鮮的我，一定會因為自卑而無地自容的；說不定還假裝不認識，那我豈非自討沒趣？何況，他的妻子又在旁邊，我又何苦以舊情人的身分相認？就算是舊同學吧，彼此生活在兩個不同世界中的人，短暫的相逢，是否有敘舊的必要呢？

她默默地跟著他們走了一段路，想再聽聽他們的談話，好對趙冠倫多了解一點；但是這兩個老人在離開文化中心以後一路上就不再說話。梅湘看看腕錶已是四時半，她得回旅館跟大夥兒集合了，她立定腳步，目送一個傴僂、一個矮小，兩人都是步履蹣跚的這對老夫婦的背影逐漸遠去，不禁默默地為他們祝福。

隔絕在兩個不同世界中已經四十六年的一雙情侶，忽然在異地相逢，梅湘很訝異自己居然沒有激動；相逢而不相識，她也沒有什麼惆悵或失落之感。是因為這樣的邂逅過於突兀？還是因為趙冠倫的變化太大，而他又沒有看到梅湘，反應只是單方面的？當年，他們的愛可是刻骨銘心，自認至死不渝的啊！那麼，大概是時光真的可以沖淡人世的種種哀傷了。快半個世紀了呀！算算看那有多少個日子？而他倆談戀愛的時間只不過兩年。當然，那兩年可是她此生最甜蜜最幸福的日子；可惜的是，此情已不可再了。

爸爸嫌趙冠倫出身貧寒，走路的姿勢像跛腳，不同意他們交往下去；但是，真正使他們分開的卻是時局。當他們念完了大二，利用暑假的空閒，梅湘常找藉口出門偷偷和冠倫在外面約會。重慶附近的名勝像北碚、歌樂山、沙坪壩、嘉陵江畔等地都佈滿了他們的足跡。雖然他們還只是在學的學生，並不曾談到婚嫁大事；不過，他們都有默契，願意此生長相廝守。他們念的是中文系，共同的愛好是詩詞。他們曾經以趙明誠、李清照這對夫婦來自況，可是梅湘又覺得跟他們相比不吉利。

「不，我不要做李清照。趙明誠比她早死很多年，她晚年獨自在戰亂中受了不少苦，好可憐！」她說。

「那麼，我是沈三白，你是芸娘，好不好？」他笑著問。

「這還差不多。」她愛嬌地輕輕推了他一把。

可惜，這對興趣相投、真心相愛的小情人既做不成趙明誠、李清照，也做不成沈三白與芸娘，在那個暑假裡，中國大陸在赤色洪流的氾濫下，又掀起了另一股逃亡的浪潮，不甘奴役、嚮往自由的人紛紛逃離煉獄。梅湘的父親在匆忙中攜家帶眷追隨政府渡海來台，使得她連跟趙冠倫話別的機會都沒有，她只能匆匆地寫了一封短信丟到郵筒寄給趙冠倫。他有沒有收到她不知道，反正從那時起到現在，他們已有四十六年半失去聯絡。

來到台灣她沒有再進學校，因為家中食指浩繁，父親獨力維持不易，她身為長女，有義務助父親一臂之力。她考進一家公家機關當一名小職員，過著暮氣沉沉的刻板生活。她不跟任何人來往，當然更不交男友，一方面是忘不了趙冠倫，一方面也有點跟父親賭氣。等到她過了三十歲，父親老了，也生病了，他求她早點結婚，否則他會死不瞑目。母親也在一旁一把眼淚一把鼻涕的求她。於是，她抱著慷慨赴義的心情在三十二歲時嫁給了一個比她大上十幾歲的男同事。她的父母不幸幾年後相繼去世，而她的丈夫也在十年前因病辭世，現在，跟她相依為命的就剩下兒子王浩，她知道，等到她兒子成家了，她將成為一個孤獨的老人。

在漸漸黯淡的冬陽下，梅湘踽踽獨行走回她所住的旅館去。別了，香港！別了，趙冠倫！經過了這漫長的歲月，你心底還有我嗎？你做夢也不會想到我會在你背後偷聽你和妻子的對話，更不會知道我們竟然對面不相識吧？我們一別四十多年，音訊渺然，我早已認為你大概已不在人世。怎想得到我第一次出國旅遊，卻無意中和你近在咫尺，也聽到了一些你的狀況，難道這是上天的安排？

我馬上就要離開這裡，你們很快也要回去大陸，以後，我們可能不會再遇到了。我們過去那段短短的戀情，應該只是年少輕狂的往事，早已是春夢一場。今天的不期而遇，老去的我，已是心如止水，船過水無痕，再也不會激起一絲漣漪了。這次的相逢，又豈不是多餘？

辭根

一切都已收拾妥當，而距離小吳約好來接她去機場的時間還差不多有一個鐘頭。程筑韻閒閒地坐在她平日常坐的沙發上，把目光投向落地窗外陽台欄干上那一列盛開得繽紛奪目的盆花上。「花兒們，別了！但願你們的新主人能夠像我這樣愛護你們。」她無聲地呢喃著。「我這一大把年紀了，此去還會不會回來呢？」一想到這裡，一股夾雜著惶恐而無告的依依難捨之情再度充塞在她的胸臆之間，眼睛也不由自主地濕潤起來。這幾天，她的心情低落到了極點，心頭老像是被沉重的鉛塊壓著，真想打個越洋電話去告訴她的一雙兒女：「算了，媽媽不來了，媽媽在這裡生活了四十多年，早已習慣了這裡的一切，才不想垂老投荒。何況，美國再好，但卻『雖信美而非吾土兮，曾何足以少留？』就算媽媽辜負了你們的好意吧！」

可是，這樣的一通電話她始終沒有打出，因為這件大事在一年多將近兩年前就已經決定了。她的女兒曾立雪、兒子曾仰正，一個住在美國加州的矽谷，一個住在洛城，姊弟兩人聯袂回國省親，異口同聲的勸母親移民美國，他們的理由是父親已去世五年，母親在這裡已無親無故。加以台灣近年政壇亂象叢生，治安惡化，環境污染日甚，還有海峽的危機，早已不再是個寶島，到美國去跟他們在一起，他們做子女的才不至日夜為母親安危提心吊膽，擔驚受怕。

當時，程筑韻是不答應的。「不，人家說美國是老年人的地獄，我為什麼要自投羅網，變成你們的負累。我在這裡有許多談得來的朋友，畫會一週聚會一次，畫畫、聊天，快樂得很哪！我不想移民，你們也不用替我擔心。」她的語氣十分堅決。

然而，她終於拗不過兩個孩子的苦口婆心。他們答應在那邊替她申請華人的老人公寓，讓她可以自由自在畫畫，不至於被孫輩打擾。「媽媽畫的山水還可以唬唬老外，說不定一舉成名啊！」仰正調皮地這樣說。立雪留下來替母親辦移民手續；然後，幾個月以前，仰正又回來替她賣房子，就這樣，程筑韻像趕鴨子上架似的，半自動地搭上了人潮洶湧的移民列車。

鄰家不知是誰在拉胡琴，柔婉淒惻的旋律迴旋在靜寂的午後，如泣如訴地聲聲進入程筑韻的愁腸；她滿腔的離情別緒被攪動著，就像一團醱粉放得太多的麵糰不斷地在膨脹。不，我不要走。這座城市我已生活了四十多年，這間屋子也住了將近二十年；這裡有著我大半輩子的回憶，這屋子處處都有著我的手澤，這裡是我的根啊！教我怎能割捨？為什麼我得到的東西總是無法長久保有呢？

突然間，像電光火石般的一個念頭閃過她的腦海。不錯，也許我真的生來命蹇吧？得到的東西總是無法長久保有，這種得而復失，旋得旋失的慘痛經驗，不是從五十多年前就已開始折磨著我嗎？

她永遠忘不了她生命中第一次的「得而復失」。那年她上初中二年級，只剩一個多月就放暑假了。在七個姊弟中身為老大的她一向最得父親歡心，父親為了讓她上學方便，特地把家搬到距離她學校只有五分鐘步程的一棟新建洋樓。在新居裡，她第一次擁有屬於自己的臥室，不必再跟妹妹們共擠一間。父親還買了一個書櫥給她，使她得以把所有的「閒」書（她從小就是個書迷）都擺了進去。她在躊躇滿志之餘，也加緊用功，那次期末考考了個第一名。

然而，老天好像不讓這個小女孩多享快樂。暑假開始不久，驚天動地的盧溝橋事變就發生，她的家鄉接著就遭到敵機不分日夜的轟炸。每一個人都嚇破了膽，程筑韻的父親也像一般有能力逃離家鄉的人一樣，領著全家逃到香港去。程筑韻那間獨享的臥室只擁有了兩三個月，真是曇花一現，水中之月，鏡中之花。還好，那個時候程筑韻還只是個半大不小的孩子，雖然也悲哀過一陣子，雖然也永遠難忘這種好夢成真後的幻滅；不過，到底還是未識愁滋味的年紀，不久之後，對客地異鄉的新奇感就取代了她生命中第一次的挫折感。

第二次的得而復失可就比這次嚴重得太多了，也影響到她以後的一生。那一年她十九歲，在香港過了四年多還算幸福的日子，她很幸運地考上了人人稱羨的港大，而她也不免有點沾沾自喜，還計畫畢業後要到英國留學。可惜，命運之神再度捉弄她，當她在大二唸了三個月的時候，那可咒詛的一天——一九四一年十二月八日終於來臨，萬惡的日寇在發動了太平洋戰爭之後，旋即佔領了香港。

門鈴響了起來，把陷在沉思中的程筑韻喚回現實。她站起身來匆匆走到對講機前。

「誰呀！」她想不到這個時候會有人來，難道是小吳提早？

「曾媽媽，是我們，王柏清。」回答她的是年輕的聲音。

「呃！請上來。」原來是買她的房子的那對夫婦，約好了要來拿鑰匙的，自己真是老糊塗了。

為了買賣房子，程筑韻和王柏清夫婦已見過很多次面，彼此已建立起像是朋友的感情。王柏清夫婦都是知識分子，為人誠懇。程筑韻喜歡他們，自願把價錢降低，知道他們新婚不久，現在住的是小套房，沒有自己的家具後，還慨然把全部家具和家電免費附贈（當然她自己也省卻找人來送或運走的麻煩）；這對年輕夫婦對她當然也感激不盡。

程筑韻把那串跟隨自己多年的鑰匙鄭重地交給他們，招呼他們坐下。兩個年輕人怕打攪了她，馬上就告辭。

「曾媽媽，太謝謝您了！您把屋子收拾得這麼整齊清潔，我們根本不必再打掃就可以搬進來，還撿了這麼許多現成的東西，謝謝您啊！」王柏清彬彬有禮地再次表現他的謝意。

「是呀！曾媽媽，您還留給我們這些美麗的盆花。我也很愛花，我會小心照顧它們的。」嬌小的王太太說。

「曾媽媽，您下次回台灣來，歡迎您住到我們家裡來，房間還有多嘛！對不對？」王柏清說。

「好！好！我要是回來，我一定會來打擾的。我這間屋子交給你們真是太放心了。你們要是到美國去，也要去找我啊！」程筑韻說著，打開皮包，拿出一張紙交給王柏清，那是她的兒子仰正為她打字的他的洛杉磯地址，還附了電話號碼。

兩個年輕人說了一些祝福她旅途平安之類的話之後就告辭。多可愛的一對，我何幸而遇到了他們。他們說我將來回台北可以住在這裡，我還會回來嗎？誰能逆料，世上不如意事十常八九，變生肘腋也不是沒遇到過。就像那年的十二月八日，她正如往常一樣在港大上第一節課。才上課沒有多久，學校的擴音機就宣布戰事發生，學校停課，要學生們趕快回家去。那是她此生的最後一課，從此失去了接受高等教育的機會，一向視學業如命的她因此而痛不欲生，也因此而更加仇恨日軍。但是一個手無縛雞之力的弱女子對此又有什麼能耐？這次的得而復失，比起四年多以前的失去個人獨享的臥室所給予她的打擊不知強大了多少倍，這簡直是影響到她的一生（當然哪！要不是那場可恨的戰爭，她就會順利地唸到畢業，然後再到國外去深造。有了高學歷，她就不至於只以一名中級公務員退休了）。

禍不單行，兩年多之後，她又再嘗到一次得而復失的苦頭，同樣也是由於戰禍而引起。那一年，她跟著雙親、帶著幼小的弟弟妹妹，在經歷了好幾次逃難之後，在桂林安頓下來。兩年來的流離顛沛，她和弟弟妹妹全都失學在家。有一次，一家國營生產機構招考職員，待遇相當優厚，她為了減輕父親獨力養家的負擔而去應考，很幸運的竟然考取，捧到了銀飯碗，羨煞旁人。

「鈴……」電話鈴聲把陷入往事中的程筑韻喚回現實。

「喂！」她趕緊去拿起話筒。

「筑韻，我是慕白呀！你還沒出門？」

「我在等我兒子的同學來送我。」

「筑韻，對不起！我本來準備到機場送你的，可是我膝蓋的風濕痛又犯了，不良於行，只好電話送行了。」

「謝謝你了，慕白，我本來就不要勞動你們的嘛！前幾天你們已經為我餞行過了，還送什麼？」

「誰教我們朋友一場？到機場多見一面也好嘛！你看，我們這個十友畫會已走了五個人，連你六個，怎不令人傷感？我們還是最談得來的兩個哩！」

「是呀！我也捨不得離開你們，只是拗不過兒女的堅持罷！我跟你們一起學畫的日子太快樂了，真恨不得從頭來過。」

「對了，筑韻，你到了美國還要作畫嗎？」

「大概會吧！我把畫具都帶去了，要不然日子怎麼過？沒有你們，誰來跟我聊天解悶？我真慶幸退休後去學畫，學畫不但充實了我的心靈，又認識了你們，巧的是大家都是祖母級，這才談得來嘛！」

「可不是？我們的認識，也是緣呀！你以後可要常常來信，不要忘了我們這些老友啊！」

「當然，怎麼會嘛？你們也要到美國來看我呀！」

「難道你就不能偶然回來看看我們？譬如說，你回來給你的先生掃墓什麼的，也可以順便看看我們呀！」

「我先生的骨灰已經在前年運回他家鄉跟他的父母合葬在一起，所以我在這裡已無後顧之憂了。」

「這樣說，你是不準備再回來的了。」

「那也不一定。你知道我多麼愛這個地方，我在這裡居住了四十多年，這裡是我的根啊！慕白，你不要笑我迂腐，今天要我遠適異國，我就忍不住想起白居易『辭根化作九秋蓬』這句詩，覺得生命就像飄蓬似的不踏實。」

「你太多愁善感了，這是地球村的年代，何處不可以為家呢？何況你還有子女在那邊，看開一點吧！」

「對呀，本來我也是抱著很瀟灑的心態的。我說：天下無不散之筵，酒店關門我便走。可是，不知怎的，到頭來，離愁別恨還是剪不斷理還亂。」

「好了，不耽擱你了，越說你越難過。以後我們在信裡面聊吧！路上小心，多多保重！再見！」

放下電話，程筑韻的心更不寧靜了，洶湧的思潮像在翻滾，一想到以後將不能這樣和好友們談心，就覺得無法忍受。我剛才回憶到自己當年在桂林捧到了銀飯碗，後來（只不過短短三個月），又因為湘桂撤退而把銀飯碗打破，那是她此生中的第三次得而復失，每一次都是受戰爭之害，每一次的喜悅都是春夢一場，真是夠倒楣的。

電話鈴又響了起來。今天怎麼這樣忙呀？程筑韻連忙去接，原來是小吳，他說他有一點事耽擱了，現在馬上出門，半個鐘頭後就會到。

就這樣了，半個鐘頭後我就要離開這間住了二十年的屋子。她的一兒一女都在這裡出國，她在這裡退休，老伴在這裡過世，這裡的一切佈滿了她的手澤，寫滿了她晚年的歷史，有著她大半生的回憶，這裡是我的根啊！教我怎能割捨？她在屋子裡東摸摸西摸摸的，但覺一切都難捨難分。

悽悲的胡琴聲依然悠揚地幽幽地不知出自誰家，一曲還沒有告終。剛才是她沉緬於往事中，又忙於接電話，以至聽而不聞罷。現在，她靜了下來，那哀怨的、屬於古老中國的旋律就像一根無形的柔絲把她的心緊緊的綰住，使她愁上加愁。

她又想到了自己青少年時代的那三次得而復失的慘痛經驗，那三次得失都是戰爭之罪，我現在的遠適異國，跟戰爭毫無關係，幹嘛要相提並論？別傻了！船到橋頭自然直，勇敢地去開闖新生活吧！立雪和仰正都是好孩子，我相信他們會好好照顧我的。幾十年過去了，當年的倒楣事不會重演的。更何況，到了這把年紀，得失之心早已沒有，也就無所謂得與失了。

門鈴響了起來，是小吳來了。他是仰正高中和大學的同班同學，兩人的感情一向比兄弟還要好。

「小吳，真不好意思，害你又跑一趟機場。」程筑韻說。

「曾媽媽，別這樣說嘛！誰教我和仰正是死黨呢？他寫信來說沒有人送您到機場，我當然義不容辭呀！再說，我因為經常要接送客戶的關係，一個禮拜總要跑兩三趟機場，多跑一趟，算不了什麼。曾媽媽，你就只有這兩件行李呀？」

「仰正上次回來的時候已經替我運走一些笨重的東西，這兩個箱子裝的都是衣服和必需的用品，反正人老了，身外物越簡單越好，是不是？」

「說得也是，不夠用的話，在美國買還不是一樣？曾媽媽，你還在畫畫嗎？什麼時候送我一幅呀？」

「我的畫還在學習階段，怎麼送人？你不是經常美國台灣兩頭跑嗎？下次你去洛杉磯找仰正的時候，我把我的畫稿給你看，你不嫌棄的話，隨便挑吧！」

「那太好了，曾媽媽，先謝謝你啊！時間差不多了，我們走吧！」小吳兩手提起兩個皮箱先走，程筑韻挽著皮包，一手拎著旅行袋跟在後面，一步一回頭的走出公寓的大門。

「曾媽媽，你捨不得這間舒適的公寓是不是？隨時再回來呀！十二三個鐘頭的飛行算得了什麼？這地球村已經越來越小了嘛！」小吳看見程筑韻一副依依不捨的模樣，就這樣半調侃半安慰的說。

又一個人提到地球村，也許是我真的太放不開吧？真的，天下無不散之筵，一個地方住了幾十年還不夠？換個新環境有什麼不好？作為一個地球村的公民，不是應該有著處處為家的觀念麼？我的根雖然在這裏，種子也可以隨風散播到遠方呀！走吧！不要那麼死心眼了。邱吉爾說過：「酒店關門時我便走」，我何不也瀟灑一下呢？

「小吳，你說得對，我隨時可以再回來。我們走吧！」程筑韻說著，就把大門帶上，也把將近二十年的往事關在裡面。

兩人乘電梯下樓，坐進小吳的車子裡。鄰居淒切的胡琴聲不知什麼時候停止了。西漸的太陽把金色的光芒灑滿在高樓的玻璃窗上，璀璨熠耀，不可逼視。背著書包的小學生們一個個地從學校回來，此起彼落的按門鈴聲和喊媽媽開門的稚嫩童音交織成一首動人的社區交響曲。好一幅溫馨的家園景象，有一天我一定要回來的。程筑韻的眼眸竟不自禁地溢滿了淚水。

殘荷聽雨

在航空公司的櫃台前辦妥了一切手續，又在眾人的簇擁下登上了二樓的候機室，距離登機的時間還有五十分鐘。這五十分鐘的時間對陶碧凝而言，簡直是度秒如年，如坐針氈。她的公公婆婆兀自面無表情地端坐著，一向活潑的小姑雅君也是冷冷地坐在父母旁邊，一言不發。碧凝和幾個前來送行的女友站在他們附近，既不便說話，也不好意思走開。她不只一次的請小姑陪兩位老人家先回去，但是每一次三個人都搖頭不肯。催請的次數多了，雅君居然撇撇嘴丟下一句：「送佛送到西天嘛！誰又在乎這二、三十分鐘？」

於是，碧凝不敢再說什麼了，只跟站在身旁的好友馮芝迅速地交換了一個無可奈何的眼色，然後又把眼光拋向大廳中熙攘往來的旅客和送行的人，裝出一副若無其事的表情。

大家就這樣尷尬地站著、坐著，好不容易擴音器播出了碧凝那班飛機開始登機，每個人立刻都如釋重負。碧凝拎起了手提包，向她的公公婆婆彎了彎腰，說：

「爸，媽，我走了，請多保重！」又轉向她的小姑：

「雅君，爸媽麻煩妳照顧了。呃！還有你哥哥。謝謝你啦！」

接著，再向她的幾個好友一一握手道別後，就走向登機門。馮芝陪她走到門口，不斷地吩咐她要小心，要樂觀，凡事不要鑽牛角尖。最後，還加了一句：「無論發生什麼事，記得有我這個人會給你支持。誰叫我們是死黨？嗯！」

「馮芝，太感謝了！假如沒有你，我真不知怎麼辦？」這時，她們已走到登機門的閘口，送行者必須止步。碧凝停下來跟馮芝互相擁抱了一下，然後快步走向檢查證件的旅客隊伍。

她機械地通過了檢查站，走過長長的通道，走進了候機室，找了一個角落的座位坐下，看看錶，距離登機的時間還有二十幾分鐘。候機室坐滿了人，她卻覺得孤單而又惶恐。她並非不曾出過國，過去也有過幾次參加旅行團出國的經驗；但是那幾次有很多人陪同，目的又是玩樂，自然輕鬆愉快。而這次，她表面是去遊學，在她的內心卻是「出走」和「逃避」，前途茫茫，一切全都是未知數，教她怎能不慌張？想到這裡，碧凝的手心竟然微微地沁出了汗水。

可是，不去又如何？這個家我已無法再待下去了，即使一天我也受不了。那植物人丈夫，那冷漠的公公婆婆和小姑，使得唐家那幢華廈有如零度下的冰窟，我已在那座冰窟中生活了六年多，守活寡也將近兩年，這不算對不起他們吧？

陶碧凝的丈夫唐卓君是在一場車禍中受重傷而變成植物人的。「咎由自取」，這是碧凝內心深處對這樁意外事件的詮釋；不過，她從來不曾把這句話放在嘴上，即使知己如馮芝她也不好意思透露，以免被人誤會她幸災樂禍。唐卓君是個風度翩翩的富家公子，在他的企業家父親的貿易公司擔任企劃經理的閒職，因此有很多時間去享受人生，去縱情酒色。婚後不久他就對碧凝失去興趣，在外面金屋藏嬌。碧凝略有所聞，但是也不知如何對付。唐卓君根本夜不歸營，兩人沒有見面機會，想吵也吵不起來。她向公婆哭訴，道貌岸然的公公和高貴倨傲的婆婆兩人異口同聲地以「男人在外面偶然逢場作戲，不可小題大作」這兩句話來搪塞。這使得她有冤無處訴，啞子吃黃連。

唐卓君是在一次飛車載美，因超速駕駛而發生車禍的。他自己變成了植物人，女的當場死亡。這次車禍，唐家不但等於失去獨子，也被那個女人的寡母狠狠敲了一大筆賠償金。幸好唐家有的是錢，被人敲詐他們損失不大，僱用一個長期特別護士來照顧全無知覺的唐卓君對他們也是輕而易舉。

這件意外使碧凝失去一個有名無實的丈夫，也證實了她並非「小題大作」。公公婆婆對她仍是冷冷的，不過卻給予她較多的自由，不像唐卓君未出事前，無論碧凝要外出或者做什麼，都要向兩老（其實他們一點也不老，只不過五、六十歲罷）請示。同時，他們也因為自己對兒子行為的放縱而感到內疚，沒有要求碧凝參與照顧卓君的工作。她擁有自己的房間，不須每天面對那個插滿管子的植物人丈夫；否則，她不崩潰才怪。

然而，這樣的日子也好不到哪裡去。她每天早上都要做做樣子到丈夫的房間去看看，向那名特別護士問一問病人有什麼變化，然後總是得來一句一成不變的答覆：「還是那個樣子。」她三餐都下樓去和公婆、小姑一起進食。公婆和碧凝都很少說話，只有雅君會吱吱咕咕地講一些她辦公廳的趣聞或者報紙上登載的藝人的花邊新聞之類。吃完飯，碧凝就躲進自己的房間裡，閱報、看書、看電視；偶然有閨友邀她出去玩，她也先行請准於公婆才出去。她的好友都笑她：「你是個前清的小媳婦呀？」

她這樣躲在深閨似的當了快兩年的活寡婦，人漸漸憔悴而無生氣，一副病懨懨的樣子。好友們勸她出去找一分工作，以免在家裡悶壞了。她覺得這主意不錯，正式向公婆提出，卻立刻遭到否決。「這怎麼行？人家還以為我們養不起你哪！」「卓君未出事前你沒出去工作，現在他躺著起不來，妳卻想出去，人家會怎麼想？說你不想照料癱瘓的丈夫？不安於室？還是說我們待你不好，使你在家裡待不住？」

兩老異口同聲搬出一大堆道理，嚇得碧凝噤口不敢再說什麼。

倒是公公比較能體諒她，給了她一線生機。

「這樣吧！我知道你在家裡很無聊很苦悶，希望到外面透透空氣。你可以去上個課，去學點東西，不是也可以當作消遣嗎？」

「謝謝爸爸！」碧凝衷心感謝她的公公。真是一言驚醒夢中人，我以前為什麼沒有想到？

她是中文系畢業的，除了文學，對藝術也很有興趣，她想到學畫，希望以後能藉著　枝畫筆，寄情丹青，忘卻現實中的煩惱。

住家附近有一間畫室，門面設計得很雅致，從落地玻璃窗望進去，室內也佈置得相當整潔；而畫室的名字「聽雨軒」，雅得彷彿不食人間煙火，對她也具有很大的吸引力。以前經過這間畫室，她也曾留意到這個古典的、脫離現實的名字，心想不知哪位老畫家如此不合時宜。經過公公一提醒，她決心去拜老畫家為師。

那天天氣晴和，使得人的心情也隨之開朗。碧凝穿著家常服，踏著輕快的腳步走出巷子，向右再走幾分鐘，便走到「聽雨軒」。從玻璃門望進去，裡面似乎沒有人，她輕輕把門一推，門上的鈴鐺就響起了悅耳的叮噹聲。她一面打量室中的佈置，一面揚聲問道：

「有人在嗎？」

「來了！來了！」有人在裡面回答，同時走出來一個瘦削蒼白的年輕人，他正把一雙濕漉漉的手在褲管兩側拚命的擦著。

「請問你們這裡收學生嗎？」碧凝問。她看見壁上掛了許多梅蘭竹菊之類的習作，證明了這是教授國畫的畫室。

「當然！當然！是您的孩子要來學？」年輕人問。

「怎麼？你覺得我老得不能學畫了？」

「不！不！我不是這個意思！」青年被碧凝一反問，緊張的一張臉脹得通紅，說話也結結巴巴起來。「太太，呃！不，小姐，您來我們當然歡迎。」

「老師在嗎？我可以不可以跟老師當面談一談。」

「這，這，我就是老師。」青年的臉脹得更紅。

「你這麼年輕，你就是老師？你們這個畫室一共幾位老師？這裡不是有一位老畫家嗎？」

「老畫家？沒有呀！我們這裡只有我一個人負責。小姐，你為什麼認為我這裡會有個老畫家？」青年人一臉緊張而惶恐的表情，使她覺得很有趣。

「哦！那麼你就是聽雨軒的主人了？在我的想像中，我認為聽雨軒的主人一定是位老先生，你的出現，我還以為是他的孫子哩！」她忍不住要逗逗他。

「小姐，我沒有你想像中的年輕，我已經大學畢業三年多了。哪！請看，這是我的畢業證書，我這間畫室已開了一年多，學生也有十幾人，我可不是濫竽充數的啊！」他說著，又指著牆上掛著的一幅花卉：一朵低垂著頭的半殘荷花，兩三片碩大的荷葉，其中一片還盛著幾滴露珠。畫上題著一句詩正是「留得殘荷聽雨聲」。「這是我的作品。」

凝碧還不懂得辨別一幅國畫的好壞。然而，這位年輕畫家能夠以這幅畫來點出畫室名字的出處，就夠匠心獨運，就夠超凡脫俗的了。她一面欣賞這幅畫，一面不自覺地點點頭予以肯定，然後又走過去細看他的畢業證書。

他的名字是林霈然（怪不得他喜歡聽雨），師大美術系國畫組畢業。算算年齡，只有二十六歲，我足足比他大了五、六歲；所以他剛才以為我來是為孩子報名，在他心目中，我當然算是老了。

「林先生，啊！林老師，我真是有眼不識泰山，剛才冒犯了。」凝碧正色為自己剛才的有意逗他道歉。

「哪裡的話？哪裡的話？小姐，你還願意來上課嗎？我這個畫室沒有德高望重的老畫家，只有我這個初出茅廬的小夥子，不過，我會很用心去教的。」

「你說你初出茅廬，我更是個門外漢，不知你肯不肯收我這個老學生就是。」

林霈然請她坐下，告訴她他現在有一班成人班，學生是五位家庭主婦，她們每星期二下午來上課；另外有一班是兒童班，有九名，每個週末來。他自己在國中也有美術課。

凝碧本想參加成人班。我結婚六年多從來不曾出去工作過，不也是個家庭主婦嗎？跟她們一起正好。後來又想到自己是個初學的人，跟她們程度不一樣，怕跟不上。於是，她沉吟著問：

「林老師，你有個別班嗎？」

「目前還沒有。你想個別的學？」

「因為我怕我跟不上別人。」

林霈然想了一下，說：「我還有兩個半天的空檔，星期一上午和星期四上午，你哪一天有空呢？還有，」他的臉忽然又脹紅了，「個別教學的學費要比一般的貴，你不在意吧？」

這個瘦削蒼白的年輕人怎麼動不動就臉紅？是太老實了還是真的是個不屑談銅臭的真正藝術家？不過，凝碧已不敢再訕笑他。他年紀雖輕，自己可是要尊稱為師的啊！

「這沒有問題。我就請你個別教授吧！我選星期一上午。好嗎？」

就這樣，她填了報名單，約好了下星期一上午十點開始。他把必需的紙、筆、墨之類的畫具抄了一張清單給她，請她帶著來上課。

她又踏著輕快的腳步回家。她好久不曾為自己做過任何一件事了，這次決心學畫，雖然不一定能夠畫出什麼名堂，但是起碼她已為自己的人生開拓了一條新的道路，她的精神將有所寄託，不再是一個深閨中的怨婦了。

晚餐時，她主動向公婆報告她已報名去學畫的事。公公點頭說好，婆婆卻不置可否。

星期一的上午，她挑選了一身淺灰色的衣裙，臉上不施脂粉，只抹了淡淡的口紅；鏡中的她，顯得既年輕而又清新脫俗。她興沖沖地提著畫具出門，走進了「聽雨軒」。

林霈然就坐在畫室中等她。她拿出所有的畫具給老師檢驗看看是否買得對。看過以後，林霈然就拿出幾張影印的畫稿交給她，要她開始學樹葉、石頭、枯樹等基本畫法。以前，去參觀畫展時，她老是覺得國畫變化太少太單調，以為很容易畫，等到自己真要動手時，才知道並不是這麼一回事。為什麼畫稿上的樹葉、石頭和枯樹表現得那麼美，而自己畫出來的卻只是一團烏黑，慘不忍睹。連墨汁的濃淡都不會控制，還畫什麼畫？

「老師，我是不是太笨了，怎麼畫得這樣糟？」她忍不住失望地叫了起來。

「不，初學的人都會這樣的。著墨的濃淡要注意，下筆也不要太重。喏！你看我怎樣畫。」林霈然坐在她旁邊，在一張宣紙上一下子就示範了好幾種樹葉──松針、竹葉、柳葉、楓葉、梧桐葉、芭蕉葉。在碧凝的眼中，他的一枝筆像有魔法，毫不費力的就把那些樹葉從樹上變到他的紙上，栩栩如生。

「啊！老師，你真了不起！我相信我畫十年也畫不出這樣的成績。」碧凝衷心的讚嘆著。

「怎麼會？你才第一次畫，不要急嘛！慢慢來，多練習幾次就會進步的。」

下課前，林霈然交代了一些「功課」讓碧凝回去做。於是，這一個星期，碧凝天天躲在房間裡臨摹老師所畫的各種樹葉和石頭，興趣勃勃，不嫌枯燥。慢慢的，自己也覺得有點進步，筆下不再是一團團的墨痕而是看得出來的實體。

林霈然的確是個好老師，他非常有耐心地指點他的學生。而碧凝也是個好學生，肯虛心受教，勤於練習，所以進步很快。一個月後，林霈然已開始教他畫梅蘭竹菊四君子了。

自從開始學畫以後，碧凝覺得自己彷彿走進一個新天地，她不再自怨自艾，不再愁眉苦臉。每天，她如常到丈夫的病榻旁探視一次，和護士說幾句話。在飯桌上，面對她那兩位冷面的公婆和毫不友善的小姑也能泰然處之。她的全副心思都放在學畫上。從星期二到星期天，除了有事外出，她都埋頭在做作業。她時時刻刻在盼望星期一快點來臨。在畫室裡，要是得到老師一句讚美，她會樂得飄飄然；而她最大的樂趣則是欣賞林霈然作畫。她認為以他的天才而寂寂無聞，簡直是沒有天理。有時，她看著他那張年輕的臉全神專注於握管揮毫時所流露出的儒雅氣質，又覺得他就是一位古代的書生。

林霈然是個不愛多言的人，碧凝跟他學畫已有兩個多月了，他們之間的交談完全只限於教學方面。他從來不提及自己的私事，也從不打聽碧凝的個人資料。他對她的認知，除了一個姓名外，只有地址和電話號碼。碧凝對他倒是有點好奇，在他的畫室裡，從來沒有其他的人出現，是獨居嗎？他的家人在哪裡？誰照料他的生活起居？想到這裡，碧凝對這個年輕的老師不覺又產生了一點憐惜。

一個上午，碧凝到一家畫廊去參觀一個畫展，是林霈然鼓勵她要多多觀摩別人的作品的。這次展出的是來自大陸的一位名家，參觀者十分踴躍。碧凝也深為這位大師級畫家獨特的畫風所吸引，擠在人叢中觀賞了很久。等到她帶著餘韻無窮的滿足，看到盡興，走出畫廊時，竟然發覺原來艷陽高照的天空正下著滂沱大雨，而她卻沒有帶傘。看看錶，已是午後十二時半，怪不得肚子已在唱空城計。怎麼辦？攔一部計程車回家去吃，還是就在附近解決？正在猶豫不決時，無意中看見畫廊門外被雨所困的一堆人中有一個熟悉的背影。

「林老師！」她揚聲呼喚。

轉過頭來，那張充滿著錯愕的稚氣臉孔正是林霈然。

「是陶小姐！你也來看畫展？」

「是呀！下大雨，回不去了。」碧凝擠到他的身邊。「老師，你大概也還沒有吃中飯吧？哪！那邊有家餐廳，我請你去吃個便餐好嗎？」

「那怎麼好意思？」林霈說著就脹紅了臉。

「沒有關係嘛！有酒食先生饌呀！」

餐廳就在畫廊過去兩間，正因為躲雨的人多，幾乎滿座，他們好不容易才在角落裡找到一副雙人座。為了不使林霈然尷尬，碧凝只點了兩客最便宜的商業午餐。在餐點還沒有送上來之前，他們很自然地就談論著剛才所參觀的畫展。等到開始進食後，碧凝試探地問：

「老師吃這些還習慣嗎？」

「我最不挑食了。你知道嗎？我在畫室裡兩餐都吃飯盒，而且都是同一家店買的，只不過從排骨換到雞腿而已。」

「每天這樣吃？營養太不夠了！老師，你一個人住？」

「是呀！我的父母都住在南部，我只是逢年過節時回去看看他們。」

可憐的年輕人！她又動了憐惜之心。不過，有父母可以探望，總比我強吧？不自禁地，她也觸動了內心深處的傷痛：她的父親早逝，母親在她八歲時帶著她和小她兩歲的妹妹改嫁。繼父對她們姊妹嚴峻冷酷，從童年到長成，姊妹兩人都是戰戰兢兢地過日子，經常在夜裡躲在被中相擁而泣。她念大學的費用是靠打工自給自足的，妹妹也一樣。為了早日脫離這個家，所以在遇到唐卓君之後，沒有多作考慮，就答應了他的求婚，鑄成了今日的大錯。妹妹卻比她幸運得多，結婚之後，得以雙雙出國深造，而且到現在為止也沒聽說在婚姻上有什麼問題。

想這些幹嘛？林霈然還只是個陌生人，他對我個人的事不會有興趣的，我們還是談些共同話題吧！林霈然是個木訥的人，很少主動開口。碧凝只好盡量找些有趣的事來談，氣氛才得以活潑起來。

咖啡喝過，外面的雨也已停了。碧凝說：「我們回去吧！」她拿起帳單，林霈卻伸手來搶。「讓我付。怎好意思要小姐請客？」他說。他的手不小心碰到她的。一陣觸電，這回輪到碧凝臉紅。

她沒有跟他爭奪帳單。在走出門口時，只淡淡說了聲：「謝謝你。我還有事，我先走了。」就急急離去。她攔了一部計程車回家，本來可以順道送林霈然的，但是她沒有這樣做。

下一次去上課時，碧凝買了兩罐奶粉和兩樣水果送給林霈然，說是給他補充營養。後來又陸續送過雞精、維他命丸之類的補品。林霈然每次都極力推辭，碧凝就在下課後偷偷把東西留下。她總是覺得這個年輕人過於瘦弱，一定是不懂得照顧自己。她從來不曾當過母親，家裡也沒有弟弟，不知怎的，林霈然這個人竟然觸動了她母性的本能。

兩人相處久了，林霈然比較不那麼拘謹，上課時就有說有笑的，碧凝也就更加珍惜這每週一次的「快樂時光」。她在學畫時，有時林霈然會站在她身後指點，只要稍微靠近一點，她就會有觸電的感覺，而渾身不自在起來。

有一次她無意中發現了下個週一剛好是林霈然的生日，於是，她提早出門先去買了一些滷味、熟食、水果和蛋糕，然後提著大包小包去上課。下課後，她對林霈然說：

「老師，我中午要在這裡吃飯，你請客哦！」

在林霈然錯愕的表情中，她迅速地拿出一塊預先帶來的桌布鋪在書桌上，又打開了所有的包裹，一面愉快地說：

「老師生日快樂！」

「今天是我的生日？連我自己都忘了，你怎會知道？」

「那上面不是寫得一清二楚嗎？」碧凝指著壁上那張畢業證書說。

林霈然啞然失笑，同時又脹紅著臉喃喃地說一些感謝的話。碧凝打斷了他的話，請他坐下；夾了一塊燻魚給他，兩人就在畫室裏舉行一個小型的生日宴會。這一頓野餐式的午飯碧凝吃得特別開心，她津津有味地吃，也不斷地逗她的小老師說話，簡直不想回到那個冰冷冷而無生氣的家去。

第二天早餐過後，公公和小姑都上班去了，婆婆冷冷地對她說：「碧凝，你到我房間裡來一下。」

碧凝懷著一顆忐忑不安的心跟著婆婆走進她那間佈置豪華的臥室裏，婆婆先坐在一張沙發上，然後也叫碧凝坐下。

「你去學畫學了多久了？」婆婆劈頭就問。

「我想想看。哦！有半年了。」

「老師是個什麼人？」婆婆一雙凌厲的眼光狠狠地盯著她。

「是師大美術系的畢業生。」

「多大年紀？」

「很年輕，大概只有二十幾歲。」碧凝說著，竟然有點心虛的感覺。

「碧凝，你沒有忘記你是個有夫之婦吧？卓君雖然躺在床上沒有知覺，他還是你的丈夫呀！你怎麼可以在外面做出敗壞門風的事？」婆婆不但目光有如利箭，言語也像利箭般射向她。

「媽，我不明白你的話是什麼意思？我做了什麼不對的事嗎？」碧凝惶恐萬分，「敗壞門風」這個罪名怎麼會安到她頭上？

「你不要裝蒜了！你不守婦道，藉著學畫的名義在外面交男朋友。已經不止一次有人告訴我，你和那個年輕老師兩個人單獨在畫室裡親熱，昨天又兩個人一起吃吃喝喝，有說有笑，你是我們唐家少奶奶呀！這成何體統？」婆婆對她怒目而視，說話的聲音也愈來愈大。

原來是這麼一回事！碧凝明白了，一定是他們家的僕婦陳嫂以及鄰居的三姑六婆們經過「聽雨軒」時看過她在上課的情形，回來就向婆婆嚼舌根。

「媽，請你不要聽信別人搬弄是非，我到聽雨軒畫室去純粹是學畫，昨天在畫室裡吃喝因為是老師過生日。畫室臨街那面落地大窗是為了要採光，所以學生在裏面作畫，街上走過的人都可以看得一清二楚；我和林老師要是有什麼見不得人的行為，怎會在畫室裡做？卓君出事已經快兩年了，我這樣循規蹈矩還不夠嗎？為什麼還有人要含血噴人？」她滿懷悲憤地為自己辯白。

「哼！我早就知道妳守不住，現在不打自招了。」婆婆冷峻的目光毫不容情地瞪著她。

「媽，請你不要把莫須有的罪名加到我頭上好嗎？你要我怎樣做你們才滿意？」碧凝覺得自己快要崩潰了，對這樣蠻不講理的長輩，她已顧不得言辭上的禮貌。

「從現在起，不准再到那家畫室去。」

「去不去對我並不重要，我要鄭重聲明的是，我是絕對清白的，我對得起唐家任何 個人。」說著，碧凝霍地站起來回到自己的房間去。

她倒在床上，委屈、自憐、怨恨而又憤怒的淚水決堤而出，一直哭到累極睡去。中午她沒有下樓吃飯，婆婆竟也不管她。下午，她去找好友馮芝大吐苦水，馮芝勸她出去找一份工作，免得和婆婆天天大眼瞪小眼；又勸她不如狠下心來，提出離婚，永絕後患。這兩個意見都遭到碧凝否決：出去工作，她的公婆不會准；離婚，更貽人以口實，她辦不到。

「那麼，出國去，眼不見為淨。」馮芝又提出第三個點子。

「我也想過，可是，我用什麼名義出去？雖然妹妹在美國，我們這種年齡，簽證恐怕不好辦。真的去念書嘛！我的破英文怎能考得上托福？」碧凝沉吟著。

馮芝罵她死腦筋，誰叫你真的去留學？現在不是很流行遊學嗎？路是人走出來的，你可以在這方面想辦法呀！

她接納了馮芝的建議，第二天就寫信給妹妹，把一切都告訴了她。妹妹很快便回信，除了答應幫她申請學校外，還附來一張聘書，那是她妹夫一個朋友所開的貿易公司具名的，名義是聘她為秘書，供她以應聘資格辦理簽證。

出國的計畫想不到這樣順利就完成了第一步。在辦理各種繁複的出國手續之前，她先誠懇地請求公公答應她到美國遊學兩年，理由是妹妹邀她去換個環境散散心。公公雖然嚴肅冷漠，但還通情達理，總算答應了她。婆婆倒是有點不情不願；可是上次碧凝乖乖地答應她不再去畫室，頗給她面子，也就沒有阻撓。至於林霈然那裡，碧凝早就在婆婆不准她去上課之後，打了個電話去說家裡有事，以後不能再去學畫了。她不知他會怎樣想，是惋惜失去一個像母親或姊姊那樣愛護他的女弟子；還是痛惜少了一個學生以致損失一筆收入呢？她不得而知，也不願意去多想。

這是個何等畸形的社會，男性沙文主義竟存在了數千年而不衰。老男人可以堂而皇之的慕少艾，我為什麼不可以對一個有才華的年輕藝術家起了憐惜之心？錯的是因為我家裡有個植物人丈夫罷了。多麼狠心而自私的公婆，這次假使不是我極力爭取出國，此生豈非永遠要禁錮在那座冰窟中？

擴音機響了起來，登機的時刻終於來到。碧凝站起來眺望著窗外灰濛濛的天空。在心中喃喃自語：別了！台北！我不知道我還會不會回來？也不知道在美國待不待得下去，目前是走一步算一步，還好我還年輕，相信天無絕人之路的。別了！卓君！今生我們不會再見面的了，總算我沒有對不起你；而你所辜負我的，也由於你肉體所遭受的懲罰而一筆勾銷，我不再恨你了。別了！霈然！我的小老師！我們只是天空偶然相遇的兩片雲，你很快就會把我忘掉；但是，你那秀氣而略帶羞澀的面容卻會永遠珍藏在我的心靈深處，我是絕對不會忘卻我們在畫室中那段短暫而快樂的時光的。「聽雨軒」的半年將是我一生最美好的回憶。

她挺直腰桿，提起行囊，隨著眾多的旅客魚貫走進機艙，也彷彿走進一個不可測的未來。

紅顏

從美容院做了頭髮回來，馮芝英洗了一個舒服的泡泡浴後，又小睡了半個鐘頭，她現在覺得神清氣爽，距離今晚吃喜酒的時間還有兩個多小時，正好讓她從容地化妝。

坐在梳妝桌前，她仔細地打量自己，五十九歲的她，若不苛求，仍然可以用「豐容盛鬋」這四個字來形容。但是，從少女時代就頂著個「美人」封號，而且也特別愛美的馮芝英卻是對自己諸多挑剔：臉變胖了，皺紋悄悄爬上額頭和眼邊了，長出眼泡皮了，嘴唇不再紅潤了，皮膚鬆弛了，腰圍變粗了，唉！總之是歲月不饒人。她一想到明年將是一名「花甲老婦」，就覺得不寒而慄。

現在，她因為睡足精神飽滿而心情相當不錯。她細細地描眉，敷粉，抹胭紅，塗唇膏；在高級化妝品的修飾下，鏡裡的遲暮佳人倒也眉目如畫。她對著鏡子微微一笑，滿意地給自己打了個八十分，然後打開衣櫥，挑選赴宴的服裝。

她擁有滿滿兩個壁櫥的衣服，每天上班，起碼一個月都不會穿重複的。宴會的服裝也有十件以上，就是太多了，使她眼花撩亂，不知如何選擇。最後她挑了那件紅底有著金色提花的改良旗袍。人家在觀光飯店嫁女兒，身為主婚人的老同事，總得穿得像樣一些嘛！於是，她噴了香水，握了個金色的小錢包，踏上三吋黑皮高跟鞋，金光閃閃、香風陣陣地僱了一輛貼有請勿吸煙標誌的計程車直奔婚禮所在地。

送過禮金簽過名後，馮芝英走進衣香鬢影、熱鬧哄哄的禮堂，找到了她的同事們的那一桌坐下。

「哇！馮大姐，你今天好漂亮啊！」一位女同事隨口的說。

「何止漂亮？我們馮阿姨簡直豔冠群芳，連那位新丈母娘和新婆婆都比不上呀！」打字小姐一向口不擇言，此刻也不甘後人地說了一大堆。

「真的！馮大姐，你真是駐顏有術，叫人怎樣也看不出你的年齡。你是怎樣保養的，給我們這些後輩指點指點好嗎？」四十多歲的黃小姐皮笑肉不笑地搭上了腔。

「可不是？我比你年輕五、六歲，看起來卻比你老多了，鄰居的小孩通通都叫我奶奶，真氣人！」綽號「阿媽」的也不甘後人。

她所坐的這一桌全是女的，也因為她們文書科除了科長以外也全是女的。一桌女人談起這類問題便興致勃勃起來，吱吱喳喳地人人搶著發言。儘管她們所說的話是無心的，但是聽在馮芝英耳裡卻很不是味道。她臉上一陣紅一陣白的一言不發。別人認為她太驕傲太冷漠，不久就不再以她為話題，把她冷落在一旁。

她默默地觀察這一桌的女人，每個人雖也刻意打扮過，但是沒有人像她穿得這樣煞有介事，因而也就顯出她的俗氣與年長。她的確是這一桌中最年長的，在辦公室也是，科長還比她小兩歲；「馮大姐」、「馮阿姨」，已被同事們叫了很多年。

然而，四十一年前當她剛進來時，卻是這家歷史悠久的銀行的「行花」啊！

* *

「大美人」、「小才女」這兩個同事們賜給她的封號，使得初出茅廬的她樂得飄飄然，幾乎忘了喪父之痛而變得虛榮起來。「大美人」的封號是因為她有一張得自母親遺傳的漂亮臉蛋；「小才女」則是因為她寫得一手娟秀的小楷，而且國文程度遠比一般高中畢業生為高，而這方面，芝英都是得自父親的傳授。

芝英的父親是一位典型的舊式文人，出生於富裕的家庭，在家鄉時過著琴棋書畫、吟風弄月的雅士生涯，不事生產。大陸淪陷前他帶著妻子和十五歲的獨生女逃到台灣來，沒有多久，就把帶出來的積蓄花光。這時，他不免慌了手腳。憑著他深厚的國學根底以及寫得一手好字，一位同鄉介紹他進了一家私人機構當文書，勉強維持了一家人的生活，不幸，三年之後，就因肺病去世。芝英的母親也是舊式女子，根本沒有謀生能力。在悲痛之餘，芝英本來想輟學去做工；幸而那位同鄉長輩又及時伸出援手，鼓勵她把高中唸完，然後介紹她進了這家銀行，當一名小小的工友。

倒茶送公事的小小工友雖然長得標緻，卻並不怎麼引起別人注意。有一次，芝英閒著的時候在自己的座位上練習書法，剛好她的一位上司走過，看見這名小工友竟然寫得一筆簪花小楷，不由得大為激賞，認為不該埋沒人才，就把她推薦給文書科的科長，讓她擔任一些抄寫的工作。那個時代，毛筆字還是有很多用途，芝英得以抒展她的所長。漸漸的，行裡的人都知道文書科有這麼一個才貌雙全的小妞，於是，「大美人」和「小才女」的封號也就不脛而走，再來，更升格成為「科花」；那時，她也已升任為雇員了。

美女，自然會引起君子的好逑，何況她還有才女的令譽？在四名拜倒行花石榴裙下的男同事中，芝英獨獨鍾情於文書科裡負責英文文書工作的杜濟中。除了因為近水樓台，接觸機會較多外，杜濟中長得英俊挺拔，是最大的原因。馮芝英發現自己越來越重視一切事物的外在美，而不能忍受任何醜陋；事實上，她一進入文書科，就已偷偷喜歡上這位玉樹臨風的青年男子了。杜濟中是台大外文系畢業生，待人接物，彬彬有禮，這樣條件的男人去哪裡找？其他三名追求者又哪裡有人比得上他？因此，交往不到半年，杜濟中開口向她求婚時，芝英竟連母親的意見都不徵求，就答應了他，那時她還沒滿二十歲。體貼的杜濟中特地等候五個多月，把她二十歲生日那天作為婚期。

婚後，她享受了一段快樂的時光。美中不足的是，因為杜濟中是獨子，小夫妻必須和公婆同住，馮芝英既要上班，又要操持家務，服待二老，蜜月過後，她就忍不住向丈夫口出怨言。杜濟中疼愛妻子，但也十分孝順父母；他先勸芝英忍耐，後來就勸芝英乾脆放棄銀行工作，專心在家做個好媳婦。

「什麼？你要我辭職在家做你們的女傭？早知如此，我何必結婚？結了婚就要過黃臉婆的日子？你也不想想我馮芝英是什麼人？」表面溫順的她忽地變得勃然大怒，雙手叉腰，狠狠地發作起來。

「誰說要你當傭人嘛？是你說既要上班又要做家務，忙不過來，我才叫你辭職的，反正我們家又不缺你這分薪水是不是？我的大美人！」杜濟中走過來摟著她，柔聲地說。

「我就知道你瞧不起我這個小雇員，嫌我薪水低。」芝英猛地推開丈夫的手。「你幹嘛不去娶行長的小姐呀？人家可是富家千金啊！她不是對你有意嗎？」

「你扯到哪裡去了？簡直是蠻不講理嘛！」杜濟中也火了，他氣沖沖地走出了房間，不再跟這個不可理喻的小妻子作無謂的爭吵。

馮芝英不肯辭去工作，杜老太太不願意請佣人，於是，問題永遠無法解決；夫婦、婆媳之間經常吵吵鬧鬧，不到一年，這對金童玉女的婚姻關係便正式結束。

雖然馮芝英回母親家繼續她的小姐身分；可是在銀行裡仍然跟杜濟中天天見面，也挺尷尬的。幸好不久他就出國深造去，她總算回復平靜的生活。

身為美女兼才女，身邊自然不乏好逑的君子，杜濟中離開不久，原來的第二號追求者林文雄就開始向芝英展開攻勢。林文雄是南部的世家子弟，父兄都經商，家中相當富有；他本身也是大學畢業，長相還可以，還算符合芝英的條件。交往半年，開始論及婚嫁，林文雄帶她回南部會見他的家人。林的父母雖然很客氣地接待芝英；但是背地裡卻反對。

「阿雄，這位小姐的確長得漂亮，人也溫柔有禮；但是她是個阿山，又是離過婚的，這兩點我不能同意。」文雄的父親用理智的態度表達了他的看法。

「阿爸，大陸人和我們一樣都是中國人，什麼阿山阿海的？至於離過婚，我不嫌就是，有什麼關係？」文雄也理直氣壯的說。

「不行！我們林家不能接納再嫁夫人！」做父親的把聲音提高，吼了起來。

「阿雄，這是終身大事，你要聽你阿爸的話呀！」媽媽也在旁邊打圓場。

「不！我已經快三十歲了，不需要徵求你們的同意，我已決定非她莫娶。你們不接納她沒有關係，反正我們要自己組織小家庭，又不跟你們住在一起，你們要不要這個媳婦，是你們的事。」

在他父母一連串「死囝仔」、「夭壽」的責罵聲中，文雄拂袖離開了老家，氣沖沖回到台北，馬上和芝英籌備結婚事宜。小倆口高高興興地找房子、買家具；不到一個月，他們就在法院裡公證結了婚，只宴請了三桌同事和同學、好友；除了芝英的母親和介紹她進入這家銀行的同鄉長輩外，林家的親人他們一個也不通知。沒有長輩的干預，這對小夫婦的婚姻生活是甜蜜而愉快的。他們一同去上班，一同下班。晚上，總是去吃小館子、看電影、聽歌、或者逛街。兩個人有兩份薪水，不愁沒有錢花用（芝英每個月會拿一點錢給獨居的母親），真是快樂似神仙。

可是，玩樂有時也會使人厭倦。日子一久，兩個人都對這種缺少變化的生活提不起興趣，總是感到在他們之間好像欠缺了什麼。然後，有一天，文雄忽然省悟到了，那是在他接到了父親的一封信之後。自從他不告而娶，他和家裡已沒有聯絡，父親的來信，使他又意外又高興。

「芝英，我爸爸有信來了，他希望我們回去跟他們見面。」文雄興奮地告訴妻子。

「他們不是不承認我這個媳婦嗎？我回去幹嘛？」芝英卻是面無表情地回答。

「不！他們已經原諒我們了。你知道，他們對你並無偏見，只是省籍的問題在他們舊式的頭腦中作祟罷了。告訴你，老人家想抱孫了，爸爸還問我們有孩子沒有呢？芝英，真的，你什麼時候才為我生一個小文雄？呃！或者一個小芝英呢？」文雄涎著臉說，他想到夫妻生活再甜蜜也需要有個孩子做潤滑劑。

「哼！你倒想得美！要我做生小孩的工具，門都沒有！」他換回來的卻是妻子的一頓搶白。

隨著年齡的漸趨成熟，芝英對自己美貌的維護日益不遺餘力。她知道生孩子會使女人身材走樣，帶孩子的辛勞會使容顏衰老，早已決定放棄做母親的天職。文雄年輕，倒不曾提過這檔子事；現在可好了，老人家居然想抱孫！休想！我馮芝英才不要當那些左手牽一個右手抱一個的庸俗家庭主婦！

林文雄跟父母和好了，想要孩子的心也越加急切。他不時向芝英透露他的心意，芝英當然每天都堅決拒絕。漸漸地，吵架拌嘴成了他們的家常便飯，芝英更要求分床分房，經常鬧得不可開交，五六年的婚姻終於又以離異收場。那一年，芝英也才不過二十八歲。

離婚後，芝英回去跟母親住在一起，依然每天到銀行上班，也依然每天打扮得漂漂亮亮的，維持她的「美人」本色。恢復單身身分的她，裙下仍然不乏好逑的男士；不過，有過兩次失敗的經驗，她對婚姻已深具戒心，自然不輕易再自投羅網。而有些追求者也風聞這位大美人是個不喜歡做家務和不肯生孩子的新女性，跟她交往，只抱持著玩一玩的觀念。馮芝英也不是省油的燈，當然看穿了那些男人的心理。玩就玩吧！誰怕誰？她把心一橫，開始跟那些追求者做虛偽的周旋。每天下了班，到處吃喝玩樂，非到深夜不歸。從前溫婉可人、玉女型的她，忽然變成了一個放浪形骸的交際花。母親對她的行為大大不以為然，勸她卻不聽，也就只有暗自傷神。

馮老太太在芝英三十三歲那年去世。平日跟母親並不怎麼親近的她這時不免慌了手腳，母親本來是她在世的唯一親人，現在也走了，剩下她孑然一身，該怎麼辦。在銀行中，她只是一名辦事員，如今一般文書都用打字，毛筆字的功用已微乎其微，「才女」之名早已湮沒無聞。女同事之中，她沒有特別要好的；而對她殷勤的男同事，又多存醉翁之意。她沒有任何親戚，從前的同學又因不常來往而日漸疏遠。這時，她才體會到自己在這個世界上竟是徹底的孤單。

在這種心情下，芝英以一種慷慨赴義的悲壯毅然下嫁給年齡長她一倍的王捷和。王捷和是一個已退休的高級公務員，妻子於一年前病逝，遺下兩個成年子女，都已在海外成家立業，王捷和一個人留在台灣，生活寂寞，也急於續絃；所以，他們的結合，可說是基於互相需要。事實證明，芝英的第三次婚姻的確比前兩次幸福。王捷和不但滿足了她的物質享受，也把她當女兒一般的疼愛，這對無親無故的芝英而言無異找到了一處安全的避風港；知恩圖報，她對這個老年的丈夫也盡量做個賢妻，不再像以前年少時那樣脾氣火爆、咄咄逼人了。她對王捷和唯一不滿之處是他抽煙抽得太兇，她勸他戒煙，王捷和答應她慢慢減少煙量，而且很識相地都躲到陽台上去吸，以免嗆到她。不幸他這樣做已經太遲，這對老夫少妻在共同生活了十二年之後，王捷和竟因肺癌不治，永遠離開了美麗的少妻。從此芝英又恢復了孤單的歲月，所不同的是，她這次繼承了王捷和這幢將近五十坪的高級公寓，以及一筆不算少的遺產。

* *

吃過喜酒回來的那個晚上，馮芝英思前想後，徹夜無眠。寡居之後，一晃眼又是十幾年過去，人到中年，她已是心如止水，對人世間的男歡女愛、飲食玩樂，都已無動於衷；畢竟，歷盡世上滄桑的人，更比較容易看破。

當然，孤單寂寞仍是最難排解。她很慶幸自己還有一份職業可以依恃。經過了這麼多年的資歷，她早已升為正式行員，她現在負責管卷和掌印，是文書科中的四朝元老。她的工作相當空閒但也很重要，因為在主管的心目中，她仍是科裡最穩重可靠的人選。雖則如此，她在同事之間卻沒有什麼人緣，主要是年齡上的差距。跟她同時期進去的女職員，多數在結婚後就離職，也有出國深造或移民的。

總之，現在這些稱她大姐或阿姨的和她都沒有什麼交情，她在辦公室中也相當寂寞。晚上回到家裡就更形單影隻。多年來她已不碰書本，不練書法，把當年父親教她的詩詞和古文丟到腦後，「才女」早已無才。既沒有朋友，當然也不會出去夜遊；每天晚上就打開電視機，人歪倒在沙發上，照單全收，直到午夜為止。

除了還維持著愛美的習慣外，芝英似乎對一切都提不起勁兒。她漸漸消瘦，胃口也越來越差。有一天她無意中發現自己的左乳裡面有一腫塊，不禁嚇得魂飛魄散，第二天馬上去看醫生，經過了幾次檢查，醫生告訴她那是惡性的，最好早點開刀。

「這種腫瘤發現容易，治療也比較容易。你回去跟先生商量一下，儘快來接受手術，好嗎？」年輕的男醫生用職業性的仁慈安慰她。

「好吧！」芝英強忍著眼淚，擠出一個苦笑，然後就衝出診室。

在昏亂中回到家裡，倒在床上，她忍不住就放聲大哭起來。為什麼是我？老天！我還不夠命苦嗎？早早就棄養的父親；兩次失敗的婚姻；母親也在我最孤單時離開人世（啊！母親也是死於這種該死的病，難道真的是遺傳？）；真正愛我的年老丈夫又不能同偕白首；在我行將步入老年之前還要受這種絕症的折磨？為什麼？不！我不要我的身體變成殘缺；也不要因為接受化學治療而掉光頭髮；更不要到了末期時瘦得剩下皮包骨。而且，我孤家寡人一個，開刀和住院時誰來照顧我？不！我不能生病，也沒有資格生病，既然病魔無情地找上了我，我何不就此了結殘生？反正這塵世上已沒有值得我留戀的人和事物。

一股強大的力量使得芝英從床上跳了起來，她洗臉、梳頭，又穿上一件自己最鍾愛的旗袍，還把所有喜愛的首飾都戴上。她坐在梳妝桌前仔細化妝，只見自己雙眼紅腫，臉色枯黃，「美」，早已離她而去。「美人自古如名將，不許人間見白頭」，人是不能老的啊！她在心中暗自嘆息著。不過，如今也顧不了許多了。她像平日那樣描眉、敷粉、抹胭紅、塗唇膏，最後還噴灑了香水。然後，她把床頭櫃上剩下的半瓶安眠藥（她平常有失眠的習慣，想不到如今卻派上這樣的用場）用開水服下，又望了望鏡中那張脂粉掩蓋不了憔悴的臉，然後平靜地和衣躺在床上。沒有遺書，沒有留言，每週一來替她打掃和洗衣的阿秀會發現她的。

＊　＊

幾天之後，報上的社會版有一則小小的消息：

【台北訊】尚在××銀行任職的花甲老婦馮芝英於本月四日被人發現在自宅服毒身亡。馮婦守寡多年，現獨居於××街七號八樓，身後並無遺書，死因成謎。據其同事稱：馮婦最近身體不適，曾經就醫，可能因病厭世。全案現由警方偵辦中。

馮芝英生前最怕老，想不到她死後仍被記者稱為「花甲老婦」，其實她還有半年才滿六十。關於這一點，假使她死而有知，恐怕都不會瞑目吧？

偶然

尾隨著一長串的其他旅客，于梅提著一個輕便的旅行包走進機艙。她的座號是29Ａ，靠窗的座位。她的鄰座還沒有來，她得以輕鬆地走進去，把旅行包塞到前面座位的下面，繫好安全帶，就一心一意地眺望窗外的景色。雖然她已有多次出國的經驗，而這一次也只不過離開一個月；但卻也離情依依。停機坪上的景觀全世界都幾乎一樣，在這裡又看不到台北的家，她到底想看什麼呢？她知道，她是在想她的女兒，還有她的丈夫。他們此刻正坐在中興號公路車上，快到台北了吧！文文會找媽媽嗎？她會不會聽外婆的話？培中很會照料自己，倒不必替他擔心；只是，自己隔一兩年便出國探望姊姊一次，培中為了工作關係，也為了省錢，卻是一次也沒有去過，我是不是太自私一點了呢？下一次一定想辦法讓他一起去。

正想得出神，忽然有一樣東西掉到她的肩膀上，她吃驚地回過頭去，聽見有人用英語對她說：

「太對不起了，小姐，是我的書，我不小心把它掉下來了。」

說話的人是一個高大的西方年輕人，此刻，他正在奮力把一件隨身行李塞進她頭上的行李廂裡，看來是她的鄰座。

那本打到她的書從她的肩膀掉到她的大腿上，她把它撿起來，隨便瞄了封面一眼，那是一本廉價的袖珍本，書名像是她所喜歡的懸疑小說之類。她把書交還給那個人。

「沒有關係，又不會痛。」她說。

「幸虧這只是一本紙封面的書，要是硬皮的就糟糕了。不過，旅行的時候誰會帶硬皮書呢？」那個人說著就在她左側坐下。由於他的個子大，使得她的座位頓時顯得狹窄起來。

于梅點了點頭：「誰說不是？」

她發現：她這一排靠走道的座位也已經有人了，是一個六十來歲的鄉下人模樣的老人。一定是去美國探視兒女的好爸爸。暑假剛開始，中美航線就已班班爆滿，飛機上人滿為患，處處鄉音，恍如鬧市。「去美國就像去一趟高雄」，台灣人民的富足，從這一點就是一個證明。

班機準時起飛，于梅看完了一份從空服員手中拿過來的中文報紙後就閉目小睡，當她醒過來的時候，先聞到了菜餚的香味，接著聽到了餐車輾過地毯的軋軋聲，原來已是午餐時間。餐車推到她那一排座位時，她和他的鄰座都點了自己所想吃的，只有坐在過道旁的老先生因聽不懂英語而不知所措，幸虧于梅替他翻譯，才解決了他的難題。

「我剛才看見你看中文報，現在又說中國話，你大概是中國人吧？小姐。可是你的英語為什麼說得那麼標準？」鄰座的洋人嚥下了口中的食物，轉過頭來向她搭訕。

「你說對了，我是中國人。我的英語真的可以？」她反問他。「你是美國人嗎？」

「是的，我是美國人。我在台灣住了三年，我認識不少中國人，但是很少人像你說英語說得那樣好的。你是不是到美國唸過書？或者你是住在美國的中國人？」

「都不是。不過我在大學裡主修英美文學，現在在高中教英文而已。」

「你說你是一個英文教師？」他轉過頭來驚喜地叫了起來，一雙淡棕色的眼睛閃亮得像琥珀。「我也是，我在台北一家語文學校教英語。不過，我覺得你太年輕了，不像個老師，我還以為你是個剛畢業的大學生哩！」

「我不年輕了，我已有一個七歲的女兒。」于梅連忙表明身份。

「太難以置信了！」他似乎在喃喃自語。然後，突然伸手向她。「我是米高・墨菲，很高興認識你。」

她也伸手和他輕輕一握。「我是李太太。」

「李太太，你的學生和你的朋友都這樣稱呼你嗎？」他的聲音帶著些微失望。

「學生們稱我老師，這是中國人的規矩。朋友嘛！那就看情形而定了。」

她覺得這個陌生人話太多了，回答了他以後就低頭專心進食，不再理他。可是，當她想到洗手間去而又不得不請他讓路時，只好又再開口：

「墨菲先生，對不起！」

「叫我米高，好嗎？」他定定地望著她，等她回答。

「ＯＫ，米高。」她無可奈何這樣說了，他這才站起來。然後她還得經過那位老先生的座位才走得出去。這時，她就後悔不該選擇靠窗的位置了。

她回座位以後，米高把手中正在閱讀的書闔上，轉過頭去問她：「李太太，我們還有將近十小時的相處，我們談得很愉快，我對你這麼正式地稱呼怪彆扭的。你有英文名字嗎？」

看著這個不失稚氣的傻大個兒，于梅有點拗他不過；而且，她認為多練習英語會話對她也並無損失。於是她就大大方方地說：「ＯＫ，你叫我Mae吧！」

「噢！Mae，我喜歡這個名字。像你這樣一位漂亮的女士，為什麼要單獨旅行呢？」

「我的姊姊住在洛杉磯，她不幸生病了，我利用暑假去探望她。我先生有工作走不開，帶著小孩也太麻煩，所以就一個人去了。我這個解釋你滿意嗎？」

「我的回答是感謝上帝讓你搭上這班飛機而又坐在我旁邊。不過，你姊姊的病希望不怎麼嚴重吧？」

「我想不太嚴重，很可能是由於太寂寞了，悶出病來，藉口要我去陪她罷了。」

「你姊姊也和你一樣漂亮嗎？」米高又把頭轉過來溫柔地看著她。

「米高，我不想回答你這種無聊的問題。」她板著臉不理他。

「Mae，對不起！你不喜歡這樣的問題，我不問就是，請不要生氣啊！」

說著，放映電影的時間到了，燈光暗了下來。于梅戴上耳機，準備專心欣賞影片，而米高也識趣地不再說話。

影片是她不怎麼愛看的喜劇，有些地方還近乎胡鬧，她看著看著就睡著了。這一覺彷彿睡了許久；然後她在夢中聽見有人輕輕喚著她的英文名字，使她以為回到她的大學時代，因為自從她離開學校以後，就不曾有人叫過她的英文名字。

「晚餐時候到了。」一個很柔很柔的聲音在她身邊響了起來，是米高的叫她。

她睜開眼睛，立刻意識到自己是在飛機上。

「又要吃東西了，時間過得滿快的嘛！」她對身旁的新朋友說。

「是呀！太快了，我們差不多已飛了一半的旅程。對我而言，我真巴不得它永遠飛不到落杉磯。」米高意味深長地望著她說。

她假裝沒有聽見，轉過頭去看窗外灰藍色天空上一抹長長的絳紅色的雲層。晚飯過後不久，機艙內過道和艙頂的燈都已熄滅，是該休息的時間了。米高的小說大概已經看完，也沉沉入睡。于梅慶幸自己耳根得以清靜，也閉目養神，她既想女兒想丈夫，也擔心姊姊的胃病，在胡思亂想中，竟又進入夢鄉。

當她正在夢中抱著女兒盪秋千，秋千的鐵鏈忽然斷裂，她和女兒兩人就在半空中往下墜，她驚嚇得幾乎叫出聲音來的時候，她突然驚醒了，原來機身此刻真的正在劇烈地上下晃動，而且幅度驚人。曾經飛行多次的她從來都不曾碰到過這樣的情形，而機長也正在廣播說這是因為遭遇到一道亂流之故，只要大家繫緊安全帶，就不會有問題。

這次的亂流可真是強烈，飛機不斷地在上下晃動，機內的乘客就像在坐雲霄飛車。有人在喃喃禱告，有人嚇得面無人色，只差沒有人尖叫。于梅不算是膽小的人，但也因害怕而臉色發白、手心冒汗。

在一次最劇烈的晃動時，米高伸出右臂來摟著她的肩膀，一面安慰她說：「別怕！別怕！有我哩！」

在舉目無親的環境中遇到危難，有個人可以保護自己，那自然是求之不得的事；在米高那隻強壯的臂彎中，于梅的恐懼果然減輕了不少。在那一次又一次令人心悸的晃動中，兩人默默地依偎著，因為他們已變成了命運共同體。

也不知過了多久，晃動停止了，他們感覺到耳膜上有一種壓力，知道飛機正在下降，同時機長也宣布夏威夷到了，飛機要在這裡停留一小時，再繼續飛往洛杉磯。

發現晃動已經停止，于梅輕輕地把米高的手臂推開，紅著臉向他說了聲「謝謝」。

「謝謝上帝！」米高又在喃喃自語，然後心不甘情不願地把手臂緩緩收回。

下了飛機，走進夏威夷機場的候機室，因為坐了七八個小時，雙腿有點發麻，于梅把隨身小旅行袋放在一張椅子上，就想到處逛逛，舒散筋骨；但是，米高亦步亦趨，片刻不離，她很想把他趕走，然而看到他那雙無邪的大眼睛以及一臉的稚氣，又覺得不忍。

「米高，你是不是常常搭飛機？」他們無目的地在過道上隨意閒逛，于梅突然這樣問。

「沒有呀！我沒有足夠的錢買機票，到台灣三年了，今天才第一次回家去。」米高一面說，臉上還裝出了可憐兮兮的表情。

「真的嗎?我還以為你是個專門跟鄰座女士搭訕的老手哩！」于梅忍不住跟他開起玩笑來。

「除非她們都跟你一樣漂亮、聰明、高雅、可愛，那我倒寧願甘冒被摑耳光之險。」米高抓住機會，表達了對于梅的讚美。

「你又來說無聊的話，我不跟你說話了。」于梅不想讓他得寸進尺，就加快腳步，想離開他。

「不！不！請你原諒我！我以後不再說你認為無聊的話就是。」米高一個箭步搶在她的前面。「上天讓我們相遇相識，我們為什麼不多談談，好了解對方呢？」

看見她沒有反應，他又說：「散步夠了沒有?我們找個地方坐下來聊聊好嗎？」這一班機中國人特別多，候機室裡亂哄哄的，熱鬧非常。他們好不容易找到離登機門最遠的一個角落裡僅剩的兩個空位坐了下來。這時，擴音機卻廣播說他們這一班班機基於某一個特別的理由，要延遲一個鐘頭起飛，請搭客原諒。

人群起了一陣騷動，有人抱怨，有人嘆氣，于梅也是一肚子不愉快而無可奈何。只有米高又喃喃說了一聲「謝謝上帝」，臉上也露出了莫測高深的表情。

「別人都在不高興，你幹嘛還要謝謝上帝？」于梅詫異地問。

「不告訴你，你知道了會罵我的。」這時的米高，簡直像個頑皮的孩子。

「算了，不跟你胡扯。你剛才說你三年來第一次回家，你想家嗎？」于梅對這個異國青年也有點同情與好奇。

「我已經是個大孩子，二十七了，而且我在台灣過得很愉快，我不想家。只是爸媽很想念我，所以我這一年來不看電影、不買東西，儘量節省，才積存了買機票的錢，還買了禮物帶回去送給爸媽和妹妹。」

倒是個乖孩子！于梅開始原諒他那些「放肆」的行為，也約略把自己的身世告訴他。然後她又知道他家住在南加州東邊一個小鎮，父親是公務員，母親是家庭主婦，家境並不寬裕。他在大學畢業後做過一年助教，後來知道有一個同學在台灣教英文，收入不惡，他也就跟著來了。「台灣什麼都好，就是房租太貴了，害得我始終存不到錢。」最後他下了這樣一個結論。

于梅不敢問多他其他的生活細節，怕引起他不必要的聯想。不過，多出一個鐘頭的相處，她對他的確了解很多，他是一個典型的美國青年，天真、坦率、活潑、熱情；而且，以他在台灣三年的經驗，他對她也還算有分寸，不至於太造次。反正馬上就分手了，我幹嘛還要防著他？她心裡一釋然，談話就更流暢而自然起來，她跟他談他在飛機上看的懸疑小說，談美國的風土人情，談台灣的小吃……，雖不至於相見恨晚，但也覺得十分投契。他們談得忘形，竟然聽不見呼叫登機的廣播，而勞動航空公司的職員來催駕。

飛機繼續起飛，再過四個多鐘頭就要抵達目的地。在融洽的氣氛中，于梅和米高的談興更濃，她巧妙地不忘在言辭中做一些國民外交。而米高也坦白地告訴她：他本來拿不定主意是否還要回台灣去，現在他決心再回去教英文，因為他希望有一天會遇到一個像她那樣的中國女子。

在機場出口分手時，兩人熱烈握手。米高用深情的目光凝視著她說：「Mae，很高興認識你，和你談話真是愉快！希望有一天我們會在台北再見。」

「我也一樣。」她禮貌地回答，就拖著行李箱急步離去，因為她已遠遠看到來接她的姊夫。

米高沒有向于梅要電話或者地址，他知道她不會給他的。但是，在台北兩百萬人的人海裡，他們還會有重逢的機會嗎？他輕輕嘆了一口氣，背起簡單的行囊，走向機場巴士站。

變

——此情可待成追憶，只是當時已惘然。

在那間堂皇典雅、氣派非凡的畫廊大門口，韋之晴一眼看到那面豎立在地面上，被無數色彩繽紛的花籃簇擁著，寫著「樊素菡女士畫展」的海報牌時，一顆心就撲撲地亂跳起來，額頭和手心也微微沁著汗，他幾乎是用顫抖的腳步走進去的。

來參加畫展酒會的來賓很多，他混在人叢中，避開了簽名桌，繼續混在人叢中欣賞掛在壁上的畫作。

第一幅是風景畫，畫面是一道澄碧清澈的河流，河上一葉扁舟，扁舟上面站著一個撐篙的漁人和一隻魚狗，背後是一座座筆立的奇峰，一看就知道是桂林山水。韋之晴心中一震，湊近細看畫側的標籤，畫名是「夢裡灕江」，日期是一九四九年。四十三年前的作品，畫風是她一貫的纖細柔婉，顯示出她的少女情懷以及對他的尚未忘情。

他按捺著一顆激動的心再看第二幅，還是風景畫，景物熟悉得不能再熟悉，那彷彿是一頭大象在臨流飲水的山洞，不就是桂林的象鼻山嗎？他和她常常躲在山洞下對著灘江喁喁私語，互訴衷情；那時，他剛上大學，而她還是高中學生。他們同住在桂林市區中的一條巷子裡。這一幅畫的標籤寫著畫題是「憶」，日期也是一九四九年。她一定還在懷念著我，起碼那個時候是的。不過，那已是四十多年前的舊事了，還想它幹嘛？

他繼續看下去，她的畫作是按年分排列的，前面幾幅都是風景和靜物，也都表現出一貫閨秀派的纖柔。

然而，他發覺她的作風忽然變了，變得粗獷而不再具象。她畫大陸西北貧苦的農夫和農婦、荒涼的黃土高原景色、衣不蔽體的孩童、面無表情的老人等等，色彩黯淡，筆觸狂野，給人以沉重的壓迫感，不怎麼像出自女畫家的手筆。作畫的日期則是一九五〇──六〇年之間。

看著看著，他似乎知道了他和她分別後無法通信的那一段期間她生活的情形，想到她一定曾經受了不少苦，他的眼睛不覺濕潤起來。

一陣掌聲打斷了他的冥想，他聽見有人說：「畫家來了！」但是，人太多了，他沒辦法看到她在那裡；而且，一別將近半個世紀，即使碰了面，彼此也不見得會認得。他再次把握在手中的一份畫展簡介拿出來看，那上面有她的一張黑白照，小小的，不怎麼清楚，不過還看得出當年的巧笑倩兮，美目盼兮，就是她美麗的笑靨使得他為之神魂顛倒的。那一年，假使不是桂林告急，他隨著學校疏散往南寧，她則跟著家人逃難到重慶；他們也許會像一般幸運的情侶一樣有個圓滿的結局吧？怪只怪造化弄人，另一場殘酷的戰火在他們分手幾年後又重燃，使得他們失去音訊。他到了台灣，只知道她仍然留在重慶。四十餘年倏忽而過，她的名字早已從他的腦海中消失，直至昨天，報上藝文版的一則小消息吸引了他的注意：「大陸留法女畫家樊素菡舉行個展」。一個遺忘了的名字忽然又出現在眼前，起初是一陣茫然；接著，一張美目盼兮、巧笑倩兮的少女臉龐清晰地呈現在他的心眼中。是她嗎？還是同名同姓？他細看簡單的內容：重慶美術學院畢業，執教多年，在國內享有盛譽，現旅居法國……。是她，沒有錯。明天舉行酒會，我一定會有機會看到這位女畫家的廬山真面目，謎底不就揭開了嗎？反正，他退休後就是經常以逛畫廊看畫展為消遣。他不懂繪事，對美術卻有相當濃厚的興趣，而且多年來不減，當然這是當年受她的影響之故。關於這一點，他自己知道得很清楚。現在，這個他曾經朝思暮想的人兒近在眼前，而他又無法接近，在不得已之餘，他只好放棄「看看她現在變得怎麼樣」的念頭，轉身繼續看畫。他發現，在那批陰沉晦暗的大陸農村描寫系列之後，她竟有十年的空白，在那段期間，她沒有一張作品。然後，呈現在觀眾面前的又是一系列色彩亮麗的歐洲風景畫。她的畫風有了很大的改變，變得豪邁而奔放，著色穠豔而大膽，比起她以前暗沉的大陸農村系列，透露出一位藝術工作者重睹陽光、重獲自由的狂喜。

他沒有去過歐洲，不過他也像一般人一樣，對歐洲的文物和景物十分嚮往。他一張張地細看，因為看得太入神了，他幾乎以為自己正置身歐洲而根本沒有想到這是什麼人的畫。

當他正在欣賞一幅題名《塞納河畔》的畫時，他又被畫中的波光雲影、岸畔的路燈和欄干構成的畫面所吸引，他忽然聽見有人對他說：

「先生，你喜歡這一幅畫嗎？」

他愕然轉過頭去，跟他說話的是一位矮胖的老太太。看來總有七十了，可是打扮得挺花俏的。短短的男人髮型，戴著一副遮住了半張臉孔的淺褐色金邊眼鏡；露出臉上的其他部分卻是塗了相當厚的一層粉，嘴唇也誇張地描得血紅。身上穿著一件寬寬大大、奇形怪狀、五顏六色的衣服，說是衣服卻又像披著一幅布。

他從來不曾看見過這樣打扮的老婦人，而又不慣跟陌生人打交道，一時竟說不出話來，就嗯嗯地回應著。

「我就是樊素菡，」老太太大大方方地伸出手來。「請多多指教。」

她就是樊素菡？這怎麼可能？第一，她沒有這樣老；第二，她不會這樣胖；第三，她不會打扮得如此古怪；第四，她不會這樣隨便向陌生人搭訕。糟糕！難道她認出我來？不會！因為她還說了一句「請多多指教」；而且，假使她認出我，她一定會問：「你是韋之晴嗎？」所以，這一點疑慮並不成立。

看見他一副呆若木雞的模樣，她倒不以為忤，又接著說：

「先生你很有眼光，這一幅也是我所喜歡的。」說完了，也沒有等他有任何表示，就微笑著晃動她沉重的軀體走向另一位參觀者，展開她的交際手腕。

韋之晴呆呆地站在原來的位置上，幾乎動彈不得，他的腦筋此刻就像塞進了一團亂草，似乎已無法思索，他完全被樊素菡形象的劇變所震撼了。雖然他已遺忘了她很多年，可是她當年的倩影卻是印象猶深。眼前這個又老又胖、花俏、洋派的婦人，就是他曾經愛過的那個嬌小、愛美、溫柔、害羞的少女嗎？儘管時光已過去將近半個世紀，但也不可能變得那麼多呀！

苦笑著搖搖頭，他想把這個令人不快的人生謎團揮去。她已經不認得我了，我要不要上前相認呢？雖則我們的交往沒有結果，好歹也曾相愛過，四十餘年後異地重逢，豈不彌足珍惜？固然她不久就會回法國去，而我也早有家室（不知道她結婚了沒有？）；不過，要是她答應一同去喝杯咖啡，把盞話舊一番又何妨？

他挪動著遲緩的腳步，一面用視線追逐著她，決心鼓起勇氣去跟她打招呼。她正在跟一個老外在講話，又說又笑的，他不敢去打擾。好不容易那個滿臉絡腮鬍子的老外轉身走開了，他衝到她面前，剛要開口時，一個捧著照相機的女孩子已搶在他前面說：「樊女士，我是藝苑月刊的記者，你現在有空接受我們訪問嗎？」

樊素菡還沒有來得及回答，女記者已拿出紙筆開始滔滔不絕問將起來。韋之晴訕訕地在一旁站了幾秒鐘，樊素菡和女記者都沒有注意他的存在，他也就悄悄地離開。

剩下還有幾幅畫他已無心欣賞，無限悵惘地走出了會場，無目的地在紅磚舖成的人行道上踱著。「人生不相見，動如參與商，今夕復何夕，共此燈燭光。」「相見爭如不見，多情還似無情」等等一切少年時讀過的詩詞斷句忽地又湧現在他的腦際。久別重逢的喜悅他一點也沒有嘗到，相反地，他覺得他的貿然出現在她的畫展中，簡直是多此一舉。在走過一家服飾公司的櫥窗時，他無意中瞥見迎面走過來的一個老人。微禿的前額、花白的頭顱、略彎的肩背、蹣跚的步履，處處都顯示出他的滄桑。咦！這個人怎麼跟我有點像？再瞄一眼，他不禁啞然失笑，原來那是鏡中的自己。

我吃驚於樊素菡外觀變化之大，自己還不是一樣？當年雖然不是什麼美男子，也曾經英姿勃發過，又怎會想到有一天變成如此這般的糟老頭，她又怎可能認得出來？不要自尋煩惱了吧！

他看了看腕錶。噢！得趕快回家了。老伴出去打牌，兒子媳婦都在上班，小孫子馬上放學，家裡沒有人給他開門怎麼行？

歸來

從妹妹郁芳手中接過鑰匙，郁芬熟練地打開公寓的大門，一股霉腐的味道從裡面迎面撲來，使得她幾乎踉蹌地倒退一步。

「進去吧！屋子太久沒有人住都會有霉味的。我們趕快把窗子打開就行啦！」郁芳率先走進屋裡，一面就動手打開通往陽台的落地大窗。

郁芬跟著走進去。櫸木地板上厚厚積著一層灰塵和污垢，到處散佈著煙蒂、廢紙和塑膠袋；客廳的角落裡零亂地堆著一些髒兮兮的紙箱和破家具；牆上褪色的壁紙破裂剝落；就像走進一處廢棄多年的貧民窟。郁芬踮著腳尖走，生怕骯髒的地板污穢了她的真皮皮鞋。她皺著眉、抿著嘴，心中寫了無數的問號：這就是十年前我曾經佈置得窗明几淨、一塵不染的家？怎會變成這等模樣？

「郁芳，你看，那些房客怎麼這樣沒有良心，把人家好好的公寓糟蹋成這個樣子？你說我怎麼住嘛？」既憤怒而又傷心，郁芬感到血液往頭上沖，人也有點昏昏沉沉，很想找個地方坐下來，可是屋子裡空空如也，連一張椅子也沒有。

「姊，這問題我考慮過了。半年前這家人租約期滿時，你來信叫我暫時不要再出租，但是你也沒有說什麼時候回來，所以我沒有找人清理房子。現在，你突然決定回來，我一時也來不及找人。你還是先住我家嘛！這一兩天我就找清潔公司來打掃，等打掃乾淨了，我陪你去買家具，不就成了嗎？不過，姊，你一個人住，不嫌寂寞嗎？」

「嫌又怎麼樣？既然我不想和兒子媳婦住在一起，老伴又走了，我住哪裡還不是孤家寡人一個？在美國，在台灣，還不都是一樣？反正我習慣了，你不用替我擔心。」

「姊，其實你可以長住我家的。我家也只有兩老，孩子們早就離開，我倒希望你能夠陪陪我。」

「郁芳，我知道你一番好意。不過，我還是想擁有自己的家。再說，我再也沒有勇氣把房子出租了，看了都會心疼。走吧！咱們明天就找清潔公司去。」

看見故居如此慘遭蹂躪，伍郁芬不但心疼，而且心碎；在心疼和心碎中又揉雜著後悔和自怨自艾的情緒，她覺得自己整個人都快要崩潰了。

十年前的移民計畫是她建議，她的丈夫勉強同意的。那個年頭，到美國打天下彷彿一股潮流，有點辦法的人都紛紛攜家帶眷，離開台灣到海外淘金去。郁芬環顧左右的人，親戚、朋友、同事，這個走，那個也走；而且那些人出去以後統統傳來佳訊：某某有了一份高薪的工作；某某開店發了財；某某做房地產財源滾滾。這些消息，使得郁芬心頭癢癢，躍躍思動。剛好，她的獨子以仁這時已在美國拿到碩士學位，也在洛杉磯一家電腦公司開始上班。等兒子拿到了綠卡，郁芬就函電交馳要他申請成為美國公民；當然，為了保有工作，不致遭受歧視，以仁也這樣做了。等到當上了「美國人」的父母，郁芬就著手申請移民。那年，她五十九，服務年資已滿二十五年，就辦理退休。趙卓還有一年多才符合退休條件，她居然勇不可當地白願去打頭陣，讓趙卓先做「內在美」，退休後再赴美和她會合。

郁芬是個很會精打細算的人，在離台之前先去學會了烹飪和美容兩樣手藝，又學會了開車。她知道，在美國不比台灣，沒幾把刷子是不行的。

她先去兒子在蒙特利公園市所租的一間小公寓裡擠。兒子上班以後，她先憑著自己在烹飪班學來的包粽子手藝在家裡做台灣燒肉粽，每天做一百隻，拿到一家台灣人開的超級市場寄賣，想不到生意奇好，顧客大批訂購，使她應接不暇。賺了錢之後，她就把帶過來的積蓄的大部分，盤頂了一家小型餐廳，雇了兩名助手，開起小吃店來。她除了賣燒肉粽，還賣餛飩、湯圓和紅豆湯。蒙市那時中國人漸多，已有了「小台北」的稱號。郁芬店裡所賣的道地中國點心，治癒了那些離鄉背井的龍的傳人的鄉愁，天天都是門庭若市。

哈！美國真是遍地黃金，我是來對了！郁芬每天晚上拖著疲乏的身軀回到兒子的寓所，在燈下計算一天的收入，總是開心得眉開眼笑。她計劃著等趙卓來了，她就要買一幢比較舒適的房子來住。

一切如她所計劃的，趙卓在一年多之後也結束了內在美的生活前來和她相聚。趙卓一向是個對她言聽計從的好丈夫，這一次卻有一件大事違背了她的意思，他沒有把他們台北的房子賣掉，只託他的妹妹郁芳代為出租。郁芬不高興地和他吵時，他說：

「一個人不要做得太絕，總要為自己留一些退路。美國再好也是異鄉，你怎知道你會不會有一天又想落葉歸根呢？」

當時她嘴巴很硬，斬釘截鐵地說她才不要再回到又髒又亂的台北去。現在想起來，也真虧趙卓為她留下這條退路，否則，連這間破公寓都沒有，她還不知道到哪裡去容身哩！

趙卓到了美國以後，她果然在蒙市買了一層兩房兩廳的小公寓。兒子沒有搬進去住，他說自己已長大成人，自由慣了，還是自己住比較方便。郁芬為這件事很生氣，但也無可奈何。買了房子以後，因為每個月都要付一筆銀行貸款，郁芬辭退了一個員工，只留下一個跑堂兼跑腿。她自己掌廚，趙卓坐櫃台管帳。在國內時做到小主管的趙卓對這份新「差事」很不習慣，也有點覺得斯文掃地。而且他在當地一個朋友也沒有，晚上回到家裡，除了妻子，想找個人聊天都找不到。兒子嘛！分開幾年，對他似乎有點陌生，爺兒倆往往談不上兩句，就彼此啞口無言。來了一個月，趙卓就開始後悔。不過，他沒有向妻子說什麼。他想他既然已答應妻子移民，也不能隨隨便便就打退堂鼓。小吃店的生意越做越旺，當然他們也比較辛勞。郁芬考取了駕駛執照，買了一輛日本車，休店的日子就載趙卓到處去逛。可惜趙卓對遊山玩水毫無興趣，雖然坐在車子裡，卻是表情木然，也不說話，使得郁芬大為光火，往往乘興而去，敗興而歸。

生意越賺錢，郁芬做得越起勁；相反地，趙卓卻日益沉默，夫妻之間除了業務上的交代以外，幾已無話可談。

有一個晚上，很少回家的以仁忽然帶了一個女孩來見兩老。

「爸，媽，這是陳安妮，我認識她已經好幾個月，我們就要結婚了。」一進門，以仁就單刀直入地說，把趙卓和郁芬兩人都嚇得差點沒有昏倒。

然後，以仁用英語嘰哩咕嚕地跟安妮說了幾句話，安妮就向兩老「嗨」了一聲，算是打招呼。

「你就要結婚？怎麼不早一點告訴我們？你叫我們怎麼來得及籌備呀？她不會說中國話？她是哪一個國家的人呀？」一大堆疑團塞滿在郁芬的腦際，她有一籮筐的問題要等候兒子來澄清。

「媽，別緊張！這裡是美國，不是台灣，我們不準備請客，不需要籌備的。安妮是生長在這裡的中國人，但是她不會講中國話，我想我以後可以慢慢教她的。反正你們不和我們住在一起，你們不用跟她說話嘛！」以仁卻是一副滿不在乎的樣子。

這是什麼話？翁媳婆媳之間不用交談，這算是什麼家庭？她真恨自己，來到美國也有四五年了，因為蒙市到處都是中國人，她用不著說半句英語，所以到如今還是只會幾句洋涇濱。在不認識的洋人面前，她倒不怕比手劃腳地表達意思。不過，在兒子面前她是絕對不敢獻醜的。那麼，她想對安妮有所了解，便只好向兒子發掘了，偏是以仁對她的尋根究柢感到有點不耐煩，不肯多回答。因而這次十來分鐘的會面，郁芬對她這個未來媳婦始終只有一個模糊的印象。

果然以仁不久就和安妮結了婚。沒有電影中那種豪華的婚禮，沒有宴客，小倆口只去市政廳辦理結婚登記就完事，二老自始至終根本無法參與，就彷彿什麼都不曾發生過。婚後以仁和妻子搬到洛杉磯西北方的一個小鎮去住，從此更少回家。

作孽啊！早知兒子有一天會變成這個樣子，當年就不鼓勵他到美國來深造了。一些朋友的兒女，統統留在國內成家立業，平日各忙各的，到了星期天全都攜妻（夫）帶子回到父母家，樂聚天倫，這才叫幸福！那樣我們只剩下兩老孤零零地相守？現在，郁芬也開始常常唉聲嘆氣，自怨自艾了。

趙卓更是日益沉默，日益憔悴，他常以失根的蘭花、移植的老樹自喻，他向郁芬提出要回台灣去。郁芬不但不答應，而且不准他獨自回去。

「你這個死老頭，你有沒有良心呀？我獨個兒在這裡奮鬥一年多，為你打頭陣，好不容易闖出今日的天下。我們在這裡，房子有了，餐廳也有了，我們是公民，又有存款，人家羨慕都來不及，你居然想放棄我七八年來努力的成果，你是瘋了是不是？你一個人回去，別人還以為我們鬧婚變哪！不行！你不能回去！」

郁芬狠狠地把丈夫數落一頓，越想越有氣。趙卓默默地承受著，沒有半句反駁，沒有任何爭辯。

幾個月以後，趙卓突然因為心肌梗塞而去世，事前一點徵兆也沒有。郁芬是堅強的，她雖然悲痛，但這件意外並沒有擊倒她。她把老伴火化了，骨灰就寄放在洛杉磯附近的西來寺裏。以仁在父親的喪禮上向母親表示，假使她不想一個人住，可以住到他們家裡。要不然，他和安妮搬回來陪她也可以。郁芬沒有接受兒子的意見，她委婉地說她暫時希望一個人靜一靜，以後再考慮。

就這麼一考慮，竟拖到了洛城暴動事件爆發。在那火光燭天，槍聲處處的那幾天中，她躲在家裡，嚇得渾身發抖，還好冰箱裡還有不少食物，不至於挨餓，要不然就更慘了。兒子雖然打過電話來安慰她，但是沒有來看她。這時，她才想到趙卓，要是老伴沒有離開她，今天也就不必孤零零一個人擔驚受怕了。於是，她開始後悔當年的移民，也興起了不如歸去的念頭。

舊居算是修復了，她也開始跟一些台北的故舊聯絡。在電話中，有些人真誠地表示歡迎她回來，也有些人嘲刺她何以不做美國人而寧願回來忍受台北的髒亂？

在一次幾個老同事的接風宴上，郁芬因為感到跟那些人有點話不投機，就藉故先退。走出餐廳前她到洗手間去，當她正在整理衣裙想開門出去時，忽然聽見兩個女人講話的聲音：

「我說呀！那個伍郁芬簡直是自作自受嘛！」

「你倒說說看！」

「難道不是？當年她千方百計的跑到美國去賣粽子，還要她先生提早退休去幫忙，你看，她不是把先生折騰死了嗎？據她說，兒子娶了個土生女，到現在還沒有給她生孫子，如今落得孤家寡人一個灰頭土臉回來。早知有今日，又何必當初呢？」

「你說得也是。一動不如一靜，台北的月亮雖然沒有美國的圓，可是咱們不是活得挺好的嗎？你說是不是？」

「可不是？喲！這一間怎麼恁久都沒有人出來？」

「算了，咱們別等了，到另外一層樓去上吧！」

伍郁芬僵在廁所裡出不來，等到聽不到任何聲音了，這才偷偷把門打開一條縫，看見沒有人，就趕緊離開洗手間。她知道自己淚流滿面，但也不敢在洗手間裡補妝，怕再碰到別的同事。在電梯裡，她用化妝紙不斷地輕拭著眼睛和臉頰，心裡好像堵著一塊大石，頭也隱隱作痛。

沒有化妝桌的女人

她為自己泡了一杯上好的凍頂烏龍茶，釅釅的，泛出深褐的琥珀色。我的音樂會開始了，她在心裡對自己說。今天的曲目是柴可夫斯基的第五號E小調交響樂，這也是她的最愛之一，數十年來都不曾移情別戀。

她坐在客廳靠牆的長沙發的正中央，這是她那音樂家兒子在送給她這套音響時告訴她這是聆聽音樂最佳的位置。雷射唱碟的音樂從室內四個對角的喇叭開始流瀉出來，柴考夫斯基沉鬱、憂傷的旋律又再度充塞在她這個小小的王國裡。手中捧著一杯清香撲鼻的茶；耳裡聆聽著美妙的音樂；這，原來正是她夢寐以求的退休後的生活。然而，眼望著對牆排列著新裝置的一系列的收音機、錄音機、雷射唱碟機、錄影機、巨型喇叭箱以及原來的二十八吋電視機；不知怎的，她卻思潮洶湧，對耳畔的妙音竟似聽而不聞。

怎麼啦？我對音樂已失去興趣了？為了慶祝她的七十大壽，兒子不辭勞苦，千里迢迢的把這套音響從美國帶回來，還親手給她裝置好。這是一份多有意義多麼隆重的賀禮！她當時的確因為感動而眼眶濕潤，兒子在家的時候兩人也一起分享了很多次愉快的音樂時光；然而，兒子返回美國他自己的家以後，她卻似乎很少去碰那幾部機器。

想當年，一部破舊的礦石收音機所播放出來的古典音樂，曾經給予她多少個歡樂的夜晚。就憑著收聽那些廣播節目，她漸漸從一個古典音樂的門外漢變成一個愛樂者，後來還甚至影響到她的兒子在出國留學時改行選擇了音樂系。如今，兒子已是個小有名氣的作曲家，而她對音樂的愛好已逐漸失去當年的狂熱。

她很少扭開收音機，因為廣播電台已經少播出古典音樂節目；她極少打開錄音機或唱機，因為她只有二三十卷音樂帶子；而那些舊唱片都已不堪使用。她不去聽音樂會，因為她不敢獨自晚歸，而她的老伴對音樂會毫無興趣。

長年遠在異國的兒子並不太知道母親這一方面的情形，這次回來，還一廂情願地以這份別緻的禮物作賀禮以博取歡心。當然，她是極度喜愛愛子的禮物，也很為他的孝心而感動；但是，她為什麼就是不怎麼提得起勁？

也許是年紀大了，早已心如止水，到了一切都不動心的階段吧？要不然就是她身經憂患，這一輩子的苦頭吃得太多，她已看破塵世的繁華，涵養出恬淡的胸襟，再豪華的物質也無法引起她的喜悅。

就在前幾天，她的兒子離去不久，有兩個要好的閨友來看她。她正愁寂寞，就邀她們留下吃飯。飯後，兩位客人到她的臥室補妝，發現她的臥室陳設簡單，只有一面穿衣鏡而沒有化妝桌。恃著多年老友的身分，其中一位客人就嚷了起來：

「唷！秋白呀！你幹嘛這麼省呀？一張化妝桌都捨不得買，把錢留著做什麼？」

「可不是？就算你捨不得買，讓兒子買也可以呀！那麼高級的音響他都買得起，一張化妝桌算得了什麼？」另外一位客人也跟著起鬨。

是的，我這輩子的確從來不曾擁有過一張化妝桌。少女時她從不化妝，一面小鏡子就夠她梳髮之用。婚後的早期，經過國家復員、戡亂這些非常時期，社會上物資貧乏，她跟大多人一樣，買不起，也沒有多餘的空間來擺放一張化妝桌。漸漸，她已習慣於站在鏡子前理容整妝，根本不需要化妝桌。如今，她不但買得起一張化妝桌，買十張也不成問題；但是，用不著的東西她買來幹嘛？

她在心中苦笑著，流露在臉上的卻是淡淡的微笑。

「我怎會捨不得？事實上是我不需要，用不著。你們知道，我一向不大化妝的；現在少出門，更是連口紅都不擦，我要化妝桌做什麼？」她委婉地向她的好朋友解釋著。

「說是這樣說，不過，臥室裡沒有一張化妝桌，又哪像個女人？秋白，化妝是女人的特權，也是一種享受，我勸你不要放棄啊！」客人中的一個這樣說。

哪像一個女人？這句話使她耿耿於懷好幾天。我不像女人的地方太多了：不化妝、不披金戴銀、不穿高跟鞋；房間裡沒有化妝桌；最可憐的是結婚時連新娘紗都沒有披過。化妝品、珠寶首飾、高跟鞋、化妝桌這些物質上的欠缺隨時可以補償；沒有披過新娘紗卻是她此生最大的遺憾。

不過，穿過新娘紗又怎樣？那也只不過是過眼雲煙而已。假使她當年留下一張披白紗、穿新娘禮服的玉照，從那張已經發黃照片裏綺年玉貌的新娘比照起今日的皤然老婦，豈非徒增傷感？那麼，這又怎能說是缺憾？

也許她還不能參破紅塵，無法四大皆空；起碼，以她的人生經驗和閱歷，的確已漸漸達到不動心、無所求的境界。她不常上街，偶然有事必須外出，在那花花綠綠、貨如山積的鬧市中，她竟然發現沒有一樣東西是她需要的，她覺得自己似乎已不屬於這個世界，變成了今之古人。朋友說她不像個女人那句話之所以令她耿耿於懷，無非是因為想起往事而自憐罷！

柴可夫斯基的音樂仍然流瀉滿室，她卻還是聽而不聞。忽然間，電話鈴聲大作，她嚇得跳了起來，連忙用遙控把音響的音量弄小，然後拿起話筒，「喂」了一聲。

「媽，是我。你在做什麼呀？」原來是兒子的越洋電話。她下意識地抬頭瞥了瞥壁上的電子鐘，此刻是午前十一點二十五分。

「沒做什麼。你那邊快到午夜了，還不睡覺？」她心疼地說。兒子已經超過四十歲了，在她的眼裡卻還是個孩子。

「要跟你說話呀！說完就去睡。爸爸呢？他在做什麼？」兒子也有點撒嬌的意味。

「你爸爸跟他的老朋友出去吃飯去了，茹真和小真都很好吧？」

「他們都很好。茹真要我替她向你們請安。小真昨天參加學校裡的鋼琴比賽，得了第一名吔！」

「太棒了！有其父必有其女，賀喜你們呀！」

「媽，那我是不是因為有其母的關係呢？」兒子又再撒嬌。

「算了吧！我連當你學生的資格都沒有。」

「不行！媽，你可不能放棄你這培養了多年的興趣啊！我送給你的音響要多多利用呀！」

「有啦！你聽聽！」她把音響的音量調大一點，讓音樂進入話筒中又再調小。

「媽，你不能老是聽這些浪漫派的作曲家，也要聽聽史特拉汶斯基或者德布西這些人呀！」

「好，你又要來當媽媽的老師了。這電話可要花錢的，我們談些別的事情吧！」

結束了跟兒子的通話，已快到正午。她感到微微有點餓，就把音響關掉，到廚房去為自己下麵。一個雞蛋、幾根白菜，再加些醬油麻油就是她認為十分美味的一碗麵。老伴不在家吃飯，她覺得特別輕鬆自在。這時，她往往吃得十分簡單，但是，只要有一本她喜愛的書籍給她

「佐膳」，她就吃得津津有味。

這就是人生。活到了這個歲數，對一切既已無所求，也就是一切都不必計較。有沒有高級音響？有沒有化妝桌？朋友對你的批評，世間的毀譽……通通都是身外物，又何足縈懷？何況，有得便有失，沒有得失之心，煩惱又從何而來？

她忽然感到從來不曾這樣快樂過。

寂

寂寂竟何待，朝朝空自歸。
欲尋芳草去，惜與故人違。
當路誰相假？知音世所稀。
祇應守寂寞，還掩故園扉。

——唐・孟浩然〈送別王維〉

石桂清在寫信給他在美國的兒子：

「孟竹吾兒：久未收到來信，至為繫念。……」

每一封信都是這樣開頭，煩不煩？孟竹看到了恐怕也會皺眉頭的。不，不要這樣寫。他把雪白的航空信紙揉成一團，扔進字紙簍裡，從頭開始。但是，才寫了一行，他又把它揉了。這樣一連揉了扔了五六張信紙，他的家書還沒有定稿，心中也隱隱浮動著一股煩躁與不安。這種情緒對他並不陌生，那是半個世紀以前，當他還是個青澀的少年時經常會遭遇到的閒愁，也就是「為賦新詞強說愁」的愁。笑話！他在心中「哼」了一聲。在人世中浮沉了數十年，經歷過戰爭、逃離、親人去世、貧窮、疾病種種折磨的我，早已刀槍不入，堅強無比，怎會再有這種小兒女心態呢？不，大概是受了天氣的影響吧？

可不是？窗外臺北的十二月天空就像是一大片沉重的灰色鉛塊，緊緊地壓在一幢幢高樓上，也緊緊壓在每一個人的心上。絲絲的冷雨無止無歇地飄落著，空氣中的水分已呈飽和點，一切都是濕漉漉、黏搭搭的，彷彿人都要發霉了。天氣一變冷就下雨，或者一下雨就變冷，這就是典型的臺北冬天氣候，實在叫人受不了。然而，受不了又怎樣？我可是在這裡度過了四十年的呀！

他站了起來，走到窗前，背抄著雙手，仰望被對門樓房遮蔽得只剩下一小塊的灰色天空，心頭的鬱悶更是越來越甚。現在才不過是上午九點多一點，街上靜悄悄的，四鄰也靜悄悄的，大家都上班上學去了，留在家裡的都是一些閒人。兩年以前的我這時還不是跟大家一樣，在辦公室中正要開始一天的工作？想不到，轉眼之間就變成退休的老人。

在社會上工作了四十年以上，長期的早九晚五刻板生涯，他早已感到十分厭倦，早已在期盼退休這一天快點來臨。他對退休後的生活曾經擬了很多計畫，也有了心理的準備。他要帶他的老伴到太平洋彼岸去探望兒孫；他要常常跟一些老朋友聚會；他要讀盡那些以前沒有空去讀的書；他要每天去慢跑；他要……。他知道什麼是退而不休；他知道人生七十才開始，而他還不到這個歲數。

可是，為什麼事到臨頭，卻都不盡如人意，與理想相差甚遠呢？他退休後第一件事就是帶他的老伴惠芳到美國舊金山去看看出國多年的兒子孟竹，以及從未謀面的兒媳和兩個孫兒女小咪和小強。

當然，孟竹熱情地接待父母，並且為他們準備了一間舒適的客房。但是，他的兒媳婦海倫是個香港來的留學生，她不會講國語，和孟竹以及兩個孩子都是以英語交談。石桂清原來僅有幾句破英語，由於鄉音太重，沒有人聽得懂，此刻完全派不上用場。於是他和惠芳這兩個老人在他們面前就變成了啞巴和聾子，不但無法溝通，而且也無法表達對孫兒的疼愛，那兩個孩子對這對不會說英語的陌生老人更根本一點也不親近。晚上孟竹會花很多時間陪他們聊天；海倫也對他們表現出適度的禮貌。而在白天裡，兩老既看不懂當地的電視節目，也不會接聽電話，兩個人守著冷清清的屋子，真是如坐針氈，度日如年。幸虧舊金山多的是華文報紙和國語錄影帶，可供他們消磨時間，而且中國人的食物也隨時買得到，否則一天也待不下。好不容易熬了兩個禮拜，他們就回來了，並且決定絕對不要再去，免得受罪。在回臺的飛機上，老太太就傷心得直掉眼淚：「作孽啊！有孫子有什麼用？他們沒喊過一聲爺爺奶奶，也沒讓咱們抱過，這算哪門子的孫子啊？」

他們是美國人，他們根本沒有咱們這一套倫理觀念，你這個單純的鄉下女人懂得什麼嘛？石桂清也在心中嘆息著。不過，他沒有跟老伴多說，怕更惹她難過。惠芳嫁給他四十九年了，她比他大兩歲，是他十八歲那年，在父母的安排下成的親。他們山東老家有著小丈夫這種風俗，妻子大兩歲一點也不稀奇。惠芳溫順、乖巧、耐勞、能幹，符合了老人家選媳婦的條件，而後來也的確是一位典型的賢妻良母。半個世紀以來，她只知每天默默地伺候丈夫兒子、操持家務，她非常滿足於自己的小天地，別無他求。孟竹出國已將近二十年，這些年來，儘管家裡只剩二老，人口簡單，而惠芳依然固執地每天出去買菜，每餐起碼弄個三菜一湯，而且每一道菜都精心製作，絕不含糊。桂清屢屢勸她不必那樣麻煩，關於這一點她卻不順從。也許，她認為把丈夫的胃照顧好是她的責任；也許，下廚是她唯一的寄託和樂趣吧？桂清也就由她去。惠芳小時沒進過學校，只認識一些簡單的字，頭腦十分單純，所以桂清有許多事都不能夠和她討論。然而，他卻從來沒有嫌棄過她，他們在人世上已攜手同行了半個世紀，如今更是相依為命，彼此都已少不了對方，又有什麼好嫌的呢？

他回到書桌前坐下，輕輕嘆了一口氣，拿起筆，再度寫信給兒子。這一次，他不再吹毛求疵了，家信嘛！有話便說可也，又何必多所挑剔呢？從寫信，他又想到現代人的人情似乎太澆薄了，自從家家戶戶都裝了電話之後，他已難得收到一封本地的信，而自從他退休之後，就連電話鈴也很少響。他原本朋友也並不多，在臺北，也只不過是幾個老同學與同鄉。以前，大家也偶然會相約一起吃個飯，聊聊天；漸漸的，這些人有的出國了，有的忙著做生意，有的忙著炒股票，沒有人對他這個平凡得不能再平凡的閒人感到興趣。於是，他的社交生活就從原來的「門前冷落車馬稀」進展到「貧居鬧市無人問」的地步。家中的電話經常噤若寒蟬，偶然響起來都會嚇他一跳。大門上的信箱，除了每天投進一分報紙和一些垃圾郵件外，難得有一封真正的信。

石桂清呀，石桂清，你現在是徹底地被社會遺棄了，你將會默默無聞地走完你的人生之路，與草木同腐。到了你兩腳一伸，嚥完了最後一口氣的那一天，除了老伴和兒子以外，是沒有人為你流一滴淚的。

他又再輕輕嘆一口氣，繼續寫信。當他快要把信寫完時，他的老伴惠芳已邁開她那雙解放腳急步走進書房。

「桂清，下午再寫吧！吃飯哪！」她放開她的大嗓門說。

「嗯！」他應了一聲站起來，在書桌前坐了半天，竟已有點腰痠背疼的，是該起來走動走動了。

退休以後，他有發胖的傾向，他知道這是缺乏運動的結果。上班時，每天趕公車，起碼有走路的機會，如今，連走路的機會都沒有了。他本來計劃每天早上去慢跑的，可是一則無人作伴，二則住家附近也沒有適當的場地，也就懶懶地一天天拖延下去。有時遇到天氣不好，三五天不出門是常事，也難怪他的小腹已漸漸凸了起來。不行，難道我就這樣等死？我才六十幾歲，距離現在的平均壽命還有八九年可活，總不能做八九年的行屍走肉吧？

一陣陣的麻油香味飄送他的鼻孔，他背抄著手踅進飯廳，飯桌上擺著水餃、酸辣湯、滷牛肉和泡菜，這都是惠芳的拿手絕活，也是他的最愛，惠芳一個星期總會做一次給他解饞。

「好香！」他淡淡地說了一聲就坐下來。老夫老妻是不作興說些感謝或讚美的話的，起碼在他們那個時代是如此。開心地去品嚐老伴的手藝，就是無上的讚美。

飽餐之後，他鬱悶的心情似乎稍稍紓解了一些；可是，外面的細雨竟越下越大，氣溫也漸漸降低。他在客廳來回踱著步，用意是幫助消化，而表面看來，他竟似一頭檻中的困獸，又像籠中之鳥，涸轍之魚，他到底是在掙扎什麼呢？

其實，石桂清從小到現在，都可以說是一個毫無大志的人，他早已被定型為一個安分守己、循規蹈矩的今之君子；他在十八歲時就接受父母安排，娶一個沒受過教育的鄉下女子為妻，這就是他認命與從不反抗的一個例子。他的少年時代正值抗戰期間，一直跟著父母逃離，顛沛流離，書也未能唸好，才唸了兩年大學，就因為家中經濟情形拮据而自動停學，考進了一間公家機關當錄事；而他也沒有怨尤。大陸變色後，他帶著妻兒跟隨機關撤退來臺，堅守在工作崗位上，四十年如一日。他從來不做逢迎與鑽研這些勾當，只靠著年資循序漸進，到他退休前，也只不過是一名小小的課長。退休金不多，但是，一分優惠利息也勉強夠他和妻子過著簡單的生活。何況，他有自己的房子和少許積蓄，兒子也時常會寄錢來孝敬二老，他們的晚景還是不錯的。

那麼，他又有什麼不滿足的地方呢？沒有，他沒有什麼不滿足，而他也不敢。經歷過戰亂與憂患的他，享受了四十年安定的歲月，衣食無缺，家人平安，這不就是無上的福分了麼？假使再不知足，那是會遭天譴的。他此刻心頭的煩躁，無非是那該死的閒愁忽然來襲罷！正是「莫道閒愁拋棄久，每到春來，惆悵還依舊。……」他少年時代讀過一些舊詩詞，有些到現在還可以琅琅上口；真想不到，五十年來早已忘得一乾二淨的少年心事——閒愁，竟趁著他在寂寞無聊的晚年，又悄悄兒上心頭。

去你的閒愁，別跟老人家開玩笑！他無言地揮揮手，決心要把它克服。

樓下傳來一陣急促的摩托車聲，同時，對講機的鈴聲也大作。他走過去拿起聽筒：「喂！」

「石桂清掛號信！」是郵差的聲音。

啊！我有掛號信？太好了！他急急忙忙去找到圖章，衝下樓去。被雨水淋得滿身濕的郵差交給他一封厚厚的信，原來是兒子從美國寄來的。他衷心地向郵差表示了感謝，又急步跨上樓去。

他喘著氣走進屋裡，迫不及待地把那已經被沾濕的信封撕開。裡面，除了一封信以外，還有一張一千元美金的支票和一疊照片。

孟竹在信上告訴父親：上次兩老赴美時，他的妻子和兒女都不會講中國話，使得彼此無法溝通，他內心感到很慚愧。他現在已把兩個孩子送去讀中文學校，每週末上兩個鐘頭，讓他們親炙中國文化，學習國語，不要忘了自己身上流的是中國人的血。至於海倫，她略略聽懂少許國語，他以後也要多跟她說，起碼學到可以跟人作簡單的交談。等他們學到了相當成績之後，歡迎爸爸媽媽再來玩。

這一封信，就像是冬寒中的暖陽、沙漠中的甘泉，使得石桂清心頭的陰霾完全消失，兩道深鎖的眉頭也完全舒展。他一面一張一張地審視兒子寄來他們全家到加拿大溫哥華旅遊的照片，一面扯開喉嚨大喊：

「惠芳，來呀！孟竹有信來了，還有很多照片。你看，小咪有多可愛！」

惠芳果然咚咚咚地邁開解放腳從廚房走出來，一雙手還兀自在圍裙上擦個不停。

「喲！真的，小咪長高了，小強也好像胖了。」兩個花白的頭顱併攏著，對那兩個從來不曾喊過他們爺爺奶奶的孫兒不斷地發出讚嘆。

「孟竹要我們明年再去，他說要讓兩個孩子學中文了。你說咱們要不要去？」石桂清問他的老伴。

「你說呢？」老太太卻這樣反問他。

「我也不知道，明年再說吧！」

他忽然興起了一個念頭：小咪、小強和海倫都要學講國語，那麼，我為什麼不能把自己的英語練好一點？他知道，他以前那些同事很多都在早上跟著收音機學英文，在那些人當中，也有不少跟他一樣年紀一大把的。他以前心理頑固，認為到了這個年齡再學外文有什麼用？想不到，他現在就在自己的「家」裡需要應用到，世事真是難以逆料。他決定明天早上就開始試聽各電台的英語教學節目，有適合他程度的（他想他大概要從初級讀起），他就跟下去。等下次去探望兒孫時，露它一手，也可給他們一個驚喜。再說，搭飛機、進出海關，也用得著；要是早幾年肯去學，今天就可以派上用場了，真是悔不當初。

「活到老，學到老」這句話原來就是我一向所服膺的格言嘛！對！我不但要學英文，我還要讀盡家裡的藏書，讀完了再買新的。我還要學太極拳，學會了再教老伴。把生活步驟安排得緊湊一點，日子就不會無聊，閒愁也就不會來襲了。老年總是寂寞的，就看你怎樣去排遣罷。我不要像杜甫「白頭搔更短，渾欲不勝簪」那樣對老年的怨嘆；我要學陸游「老氣尚能橫九州」那樣的豪氣干雲。

他抬頭望向窗外，冷雨仍然淅瀝的下著。可是，他看見的不是鉛色的天空，而是陽台上被雨水洗刷得晶瑩欲滴、玲瓏剔透的盆中花卉和綠葉。

園長阿姨

王湘芷第一眼看到那個小男孩時，竟像觸了電般整個人都呆住了。

不可能的！這孩子怎會長得跟小卓當年幾乎一模一樣？看他那雙圓溜溜的大眼睛、胖嘟嘟的腮幫子，還有那可愛的表情，不就是小卓的翻版嗎？小卓離開我已經八年了，現在，這個跟他酷似的小孩又出現在我眼前，難道這是天意？上天垂憐我這可憐的母親？

她站在樓梯口，遠遠注視著那個小男孩。他身旁一個打扮入時的女人正在跟報名處的李小姐在爭論著什麼。她一定是他的母親，在替他報名入學。可是，她們在爭些什麼呢？

「小姐，請你通融一下好不好？我是個職業婦女，下班時公車的難等你是知道的，假使晚個二三十分鐘來接，你們是不是可以等一下呢？」那女人說。

「不是我不肯通融，我們自己也有家，也要趕回去燒飯和照顧孩子呀！假使每個家長都像你這樣，那我們怎麼辦？」李小姐的語氣開始有點不友善。

王湘芷一個箭步從樓梯口衝到大門旁邊的報名處。

「李小姐，發生了甚麼事？」她問。

「啊！園長，你來得正好。這位太太要求我們每天多等她半個鐘頭，你說，這有可能嗎？」

「我是王湘芷，你好！」王湘芷向那時髦的女人伸出了手，一面向她仔細打量。

「王園長，你好！我是馮楠君。」女人也伸手和王湘芷相握。王湘芷注意到她的國語標準、音色清脆，配上她那頭俏麗的短髮以及身上那套月白色的套裝，就知道她必定是個事業有成的知識分子。

而馮楠君眼中的這位幼稚園園長，端莊高雅、氣度不凡，儘管已是中年，但由於打扮得體，服飾考究，仍然別具風韻，也不覺為之心儀。

「我該稱您馮太太還是馮女士呢？」王湘芷含笑地問，臉上依舊流露出欣賞的表情。

「馮是我自己的姓。這是我的兒子陸小豪。」

「好可愛的孩子！今年幾歲了？」

「五歲半。他原來在上另外一所幼稚園，下了課就送保母家。最近，那位保母要搬家了，那家幼稚園沒有全天班，所以我想讓他轉學到你們這裏。可是，這位小姐說每天下午六點以前家長就得把小孩接回去，過時就要關門。我的下班時間比較晚，六點不見得趕得回來，園長，你們可以不可以晚一點關門，多幫我照顧孩子？如果有必要，我願意多付費用。好嗎？」

「那麼，你先生呢？他下班也這麼晚嗎？」王湘芷不作正面答覆。

「我已經離婚了。」馮楠君說。

「家裏沒有其他人？」

「就是沒有嘛！要是有，小豪也不必讀全天了。唉！我該怎麼辦？」馮楠君像一隻鬥敗的公雞似地，整個人都快要崩潰了。

「馮女士，請到那邊去坐，我們再細談。」王湘芷感到一陣憐惜，一手牽著小豪，就帶領這對母子到會客室去。當她握著小豪那隻柔軟、肥胖的小手時，竟彷彿回到八九年前去。

兩個女人在沙發上並排坐下，小豪坐在她們中間，他的一隻手仍然握在王湘芷的手裏。

「馮女士，這樣吧！不瞞你說，我第一眼看到你的小豪時，我就喜歡上他，因為他長得跟我自己的孩子非常的像。」王湘芷一面說一面就忍不住把小豪摟向懷中。「我跟你同病相憐，我也是離了婚的人。我的丈夫和兒子在八年前離開了我，他們現在住在美國，我自己一個人住在這裏的樓上。我的意思是，我既然住在這裏，所以願意通融，下課後替你照顧小豪，等你來接。好嗎？」

「王園長，你願意這樣做？你太好了！我該怎麼感謝你才對？啊！你簡直是我的救命恩人呀！」馮楠君高興得跳了起來，有點語無倫次地說。

「馮女士請不要這樣說。小豪跟我有緣，他太像我的兒子了，我才這樣做的，老實說，我也是為了自己。」王湘芷站起來，摸了摸小豪的頭，禮貌地把這對母子送到幼稚園的大門口。

六點已過，新生幼稚園的園門一關，所有的小朋友和老師都已回家，偌大的一棟九十多坪花園洋房，就只剩下王湘芷和小豪兩個人。

「我媽媽呢？我媽媽為什麼還不來接我？」小豪站在窗前，落寞地望著圍牆外面漸漸昏暗的天空。

「你媽媽會來的，她不是說過要晚一點才來嗎？來，小豪，我們來看故事書。」王湘芷牽著小豪的手，帶他走到樓上她的住家。

她打開冰箱，倒了一杯冰牛奶，又切了一片水果蛋糕放在餐桌上，叫小豪吃。小豪開心地吃著，馬上就把媽媽忘記。等他吃完了，她替他把嘴巴和小手擦拭乾淨，這才拿出一本印刷精美的原版英文兒童圖畫書，摟著小豪坐在她身畔，為他講解，她覺得似乎又回到從前的歲月裏。

她正講得津津有味，小豪也聽得入了神的時候，門鈴響了。

「一定是你媽媽來了。」王湘芷放下書，走到對講機旁，按鈴的果然是馮楠君。

王湘芷領著小豪下樓去開門。一見了面，馮楠君就忙不迭地道歉道謝，然後急急地牽著小豪的手回家去。小豪在揮手向王湘芷說再見時，還不忘丟下一句：「園長阿姨，你明天再講故事給我聽好不好？」

在回家的路上，馮楠君問兒子：「新的幼稚園好玩嗎？」

「好好玩啊！園長阿姨給我吃好好吃的蛋糕，給我講好好聽的故事，我好喜歡她！」

以後的五六天，馮楠君都是在六點半左右來接兒子，而王湘芷也照例每天多供應一頓點心給小豪吃，給他玩玩具、看故事書和錄影帶。小豪樂不思蜀，每天就巴望這個時刻快到。而王湘芷呢，她得以從小豪身上找到她兒子從前的影子，也就把他來填滿自己獨居生活的空虛。

第七天，六點半了，馮楠君還沒有來。六點卅五分，她掛了一個電話來：

「園長，太對不起了，我現在還有事走不開，請你告訴小豪，再過一個鐘頭來接他好嗎？」

「再過一個鐘頭？那你幾點下班呢？」

「七點大概可以了。」

「這樣吧！馮女士，請把你辦公廳的地址告訴我，我帶小豪來接你，我們一起吃飯，然後我再送你們回家。好嗎？」

「那怎麼好意思？」

「沒有關係啊！我喜歡小豪嘛！」

王湘芷開車載小豪去找他媽媽，這才知道馮楠君是一家婦女雜誌的主編。他們到的時候，馮楠君還坐在辦公桌後埋頭苦幹，桌子上堆滿了美編已經完稿的打字稿；辦公室裏每一個人都像走馬燈般忙來忙去，人聲嘈雜。王湘芷和小豪走進來，根本沒有人注意到，還是小豪走過去拉了媽媽的袖子一下，馮楠君這才驚覺的抬起頭來。

「啊！小豪，你來了！」她摟著兒子親了一下。

「你真忙啊！馮女士！」王湘芷也走了過來。

「園長，對不起啊！勞動大駕了。」馮楠君連忙站了起來。

「你現在可以離開嗎？」

「請等我五分鐘，我交代一下就走。」

馮楠君急急忙忙地向她的下屬吩咐了一些話，抓起皮包就過來招呼王湘芷一起出去。一邊走，她一邊低頭問兒子：「小豪，肚子餓了吧？」

「我不餓，園長阿姨給我吃過甜甜圈了。」

「園長，這叫我怎好意思？小豪每天不但多佔了你的時間，還要叨擾一頓點心。我想，我是不是應多付一些費用？」馮楠君一臉的尷尬與慚愧，但是王湘芷沒有看到。

「我不是說過我遇到小豪是緣分嗎？假使什麼都用錢來算，豈不是太俗氣了。何況，現在已七點多了，小孩不能挨餓的，不給他先吃一點怎麼行？現在，你來介紹餐廳吧！這一帶你比較熟。」

為了爭取時間，馮楠君把他們帶到附近一家西餐廳去，雅潔、幽靜，是它的特色。她給小豪點了牛排，自己卻只要濃湯和生菜沙拉；王湘芷點了鱈魚排。

「我一忙就吃不下，假使不是你們來，我可能會忙到八九點才下班，回家沖一包泡麵就算數。」馮楠君喝了一口冰開水，幽幽地嘆了一口氣。

「那怎麼行？怪不得你這麼瘦？每天都這樣忙嗎？」

「還好不是。因為這幾天要發稿付印，就比較忙一點。不過，一個月裡總有幾天是這個樣子，我總覺得我對不起小豪。」

「你沒有其他的孩子了吧？」

「只有這一個我都照顧不來，要是再多一個，我都別想活了。園長，你說我是不是低能的母親？」

「別這樣說。顧得了事業，就顧不了孩子，正是現代女性的悲哀啊！馮女士，你家裡沒有長輩可以幫你的忙？」王湘芷記得馮楠君說過自己已經離婚，所以不敢提她的先生。

「園長，請別叫我馮女士，就叫我的名字好了。我們雖然是初識，可是挺投緣的。我目前獨居，我告訴過你的，而我的父母又都住在南部，在這裡我是完全孤立的。」

「好吧！楠君，那你也別稱我園長。我今年四十一歲，比你大得多，你叫我名字或大姐都可以。」

「我也不小，三十五了，王姐。」馮楠君展開一個明朗的笑容，真心地說：「你看來一點也不像個過了四十的人。」

「假使我真的不顯老的話，大概是因為整天和孩子們在一起的關係吧！」王湘芷說到這裡，無緣無故就嘆了一口氣。

「王姐，我記得你也是離婚的。我真不明白，像你這樣一位又漂亮又能幹的太太，你先生怎捨得離開你的？」馮楠君忽然起了一股不平之氣。

「不，你錯了！八年前的我一點也不能幹，我是那種溫順、賢慧而又懦弱的傳統式妻子。我們離婚的理由是最普通的那種，他有外遇。因為我那時既沒有工作也沒有任何收入，唯一的一個兒子也被判決歸他撫養。從那時候開始，我失去了一切。我把自己關在家裡足足半年，天天以淚洗面。後來，我忽然大徹大悟起來：我這樣折磨自己有什麼好處呢？不瞞你說，我娘家有點錢，因為我是讀幼稚師範的，就向我父親要了一筆錢，辦了這所新生幼稚園。感謝大家幫忙，幾年下來，基礎終於穩定，我也站起來了。」王湘芷微笑著、平靜地述說她的往事，那表情，竟似與她無關。

「王姐，真難為你了！從你的外表看，真不像是一個有著不幸過去的人。我可以問一句：你後來有沒有見過你的兒子？」

「沒有！我甚至不知道他在美國哪裡。他父親把他帶走時，他才五歲，什麼都不懂，後來當然是把我這個媽媽忘了。這就是我為什麼一眼看見小豪就那麼激動。楠君，我失去那個丈夫無所謂，失去孩子卻是我一輩子無法彌補的遺憾啊！」王湘芷說到這裡，聲音變得哽咽起來。

「園長阿姨，你哭了？」一直埋頭苦吃的小豪這時也察覺到了。

「沒有！我不小心咬到了舌頭，好痛啊！」王湘芷巧妙地掩飾著。

「王姐，我想你對我的婚姻故事也許也有好奇之心，現在讓我簡單地告訴你。我的前夫和我是同學，現在也算同行，是個採訪記者。我們感情很好，他也不算有缺點，就是煙癮太大。兩年前的一個深夜，他躺在床上抽煙，不知不覺睡著了，煙蒂掉在地毯上燒了起來，差一點引起火警，幸而察覺得早，沒有成災，濃煙卻把睡在小床上的小豪嗆得變成急性氣管炎。為了這件事我當然把他痛罵一番，他不但毫無悔意，不肯戒煙，還跟我大吵大鬧。我想跟這種人生活在一起實在危險，就建議先行分居，假使他無法戒煙，就離婚算了。結果，他惡習難改，我們還是走上離婚一途。」馮楠君的語氣比王湘芷更平靜，因為她覺得她是以理智來解決她的婚姻問題的。

「楠君，假使不是那次的意外，你們一定還是過著幸福的生活的。我相信，你們彼此還相愛著，對不對？」

「誰知道？也許他愛香煙甚於愛我吧？」馮楠君聳聳肩。

這時，她們發現小豪已經靠在椅背上睡熟了，王湘芷就叫侍者來結帳。馮楠君搶著要付，說她是這一帶的「地主」，該由她作東。王湘芷卻說今夜的聚會是她建議的，她絕對不能主動讓別人請客。於是馮楠君不再堅持，而改為日後之約。

馮楠君住的地方距離新生幼稚園不遠，王湘芷就開車送她母子回家。

把兒子送進了新生幼稚園，結識了可親可敬的園長做朋友，而這位朋友又義不容辭地替她照料下課後的小豪，馮楠君簡直像是遇到了救星，對王湘芷也到了感激涕零的地步。她原來就是個對工作有點狂熱的人，如今減少（甚至除去）了後顧之憂，就更加全力衝刺。她現在很少回家跟兒子一起吃晚飯，往往自動加班到九點十點才回去，在辦公廳一面看稿一面吃便當來解決。因為王湘芷曾經叫她不用擔心小豪，「反正我一個人，有小豪陪我吃，反而會吃得開心些。」王湘芷這樣一說，馮楠君也就心安理得地讓小豪天天在他的園長阿姨家裡白吃。

有一次，馮楠君要親自出馬到高雄採訪一位知名婦女，當夜趕不回來。事前她徵求王湘芷可否讓小豪在她家裡睡一夜。王湘芷一聽，立刻樂得眉開眼笑，一口答應。而小豪這一夜也過得非常愉快，吃過園長阿姨親手做的晚飯，兩人一起偎坐著看電視，吃水果。然後乖乖去洗澡，九點一到，立刻上床，他完全不找媽媽，乖巧得令人心疼。

小豪睡著以後，王湘芷站在床邊，低頭注視他熟睡中安詳而甜美的小胖臉，忍不住彎下腰去在他薔薇色的面頰上輕輕一啄。啊！我的小卓你在哪裡？你還記得媽媽嗎？一滴熱淚落在小豪的鼻尖上，睡夢中的孩子下意識地伸手把它撥開，嚇得王湘芷趕忙直起身來，用手掌把自己的眼淚揩乾。

她睡的是雙人床，睡了一個小孩，還剩下大半的空間。這一夜，她就睡在小豪身邊，輕輕摟著他，嗅著他芳香的氣息，聽著他均勻的呼吸，就像她當年摟著她的小卓一樣。她渴望著以後還有這種機會，她覺得她已無法跟小豪分開了，小豪就是小卓的替身。

離婚後，王湘芷知道他丈夫馬上就跟「那個女人」結婚，不久就帶著小卓到美國去。當時她也知道他是去了紐約；可是，多年沒有消息，她怎知他是否還住在紐約？她最想知道的是：那女人待小卓好嗎？她自己有沒有生孩子？小卓長成一副什麼模樣？像我還是像他爸？他進的是什麼學校？成績好嗎？還會說中國話嗎？一連串刻骨銘心的思念，日夜咬嚙著她的心靈。而現在，她似乎服下了一帖治療心靈的良藥，她找到了小卓的替身小豪，她的痛楚也似乎減輕了。同時，她也彷彿回到八九年前的時光隧道裡，她的小卓還是個五六歲的幼兒，而她也是個三十出頭的年輕母親。女人最重視的就是自己的青春，她怎肯再讓小豪從她身邊消失呢？

馮楠君早已習慣把小豪交給王湘芷代為照顧了，反正她下班回來時小豪總是平安地在王湘芷家中等她，所以她即使加班，也不用打電話告訴王湘芷。有時，她回來太晚，小豪已經睡著，她就乾脆讓他在王湘芷家中過夜。

這一夜，她來到新生幼稚園的門口時是九點剛過。她按了鈴，王湘芷下樓來開門，看見她，眼中露出了驚訝和疑問之色。

「王姐，小豪呢？是不是睡著了？」馮楠君問。

「什麼？你不是已經把小豪接回去了嗎？」王湘芷驚叫了起來。

「我怎會把他接回去？我現在才下班呀！」馮楠君以為王湘芷跟她開玩笑，倒也不怎麼緊張。

「楠君，你真的沒有派人來接他？」王湘芷則是緊張得抓住了馮楠君的手。

「我在辦公室裡忙得頭昏腦脹，接他去幹嘛？王姐，請不要開玩笑，是誰來把小豪接走？」

「是一個年輕男人，自己開汽車來的，而且還有你寫的字條，所以我才放心讓你把小豪接走的呀！」

「字條？字條在哪裡？給我看看！」

王湘芷帶她上樓，從抽屜中拿出一張紙條，上面寫著娟秀的字跡：「王姐，有同事請我到她家裡吃飯，希望我把小豪也帶去。現請另一位同事小鄭來接，請放心把小豪交給他。謝謝！楠君敬上」

「你看，憑這樣的一張字條，我怎能不放人？可是，那個小鄭到底是誰？我的天！會不會是綁票？假使小豪被綁架了，我怎能原諒我自己！」王湘芷雙手掩臉，開始歇斯底里地哭泣起來。「楠君，我們趕快報案吧！」

「不，等一等！這字條根本不是我寫的，我這個窮光蛋，有誰會綁架我兒子？會不會是那個死鬼，小豪的爸爸想出來的花樣？我先問問他再說，否則鬧出笑話也不好看。」馮楠君倒是比較鎮靜。

她氣沖沖地撥了一個電話，找到了她的前夫陸宗一，劈頭劈腦就問他為什麼不聲不響冒名把小豪接走？這樣的手段是不是太卑鄙了一點？對方被她罵得莫名其妙，問明了到底是怎麼一回事，這才聲明他正在報社忙著趕稿，怎會在這個時候把小豪接走？最後又加了一句：「我們離婚兩年了，我有沒有這樣做過？你不要冤枉好人，會不會是什麼人跟你開玩笑呢？」

馮楠君放下電話，手腳開始有點發軟；但是她仍撥了幾個電話，包括小豪的祖父母以及她幾個親近的朋友。最後，她軟癱在沙發上，無告地望著王湘芷，聲音顫抖地問：「王姐，你說，我怎麼辦，小豪會不會真的被綁架了？我只有這麼一個寶貝兒子，我不能失去他啊！」

「是啊！我們報案好嗎？」王湘芷走過來坐在馮的身邊，握住了她的一隻手。「我也覺得好難過，小豪是從我這裡失蹤的，我太對不起你了。」

「不，王姐，你千萬不要這樣說，你對小豪的愛護可說更甚於我，我絕不會怪你的。」馮楠君也回握著王湘芷的手，兩人淚眼相對，竟然徬徨無計。時間已經太晚，而且她想報案也許會損害到王湘芷的名譽，所以不想輕舉妄動，準備等到明天早上再說，說不定有奇蹟出現。

她拖著疲乏的身心回家，一進門，陸宗一的電話便追蹤而來，問她小豪有沒有消息。她說沒有，陸宗一主張立刻報案，她不肯，兩人在電話中吵了半天。最後，馮楠君憤而掛了電話，一個人呆坐在沙發上，睜著眼睛、流著淚水，直到天已濛濛亮才累極睡著。

她被一陣急促的門鈴聲吵醒，只感到頭痛欲裂，一時之間意識還沒清醒，卻不得不勉強站起來去開門。門外站著的是陸宗一，一臉憔悴，唇邊和下巴的鬍鬚楂子隱現出一片蒼蒼，雙目滿佈紅絲，似乎也是一夜沒睡。

「有小豪的消息沒有？」這是他的第一句話。

經他這一問，馮楠君這才完全清醒過來，並且想起愛兒失蹤了，忍不住嘩的一聲就哭了起來。陸宗一跨進門去，輕輕扶她走回客廳，一面安慰她：「別哭！別哭！一切有我哩！」

經他這一說，馮楠君的確覺得好過一點。她原以為這次定要孤軍奮鬥的；但是，如今卻出現了一個共同作戰的伙伴，她心裡就不那麼慌張了。

陸宗一說服了她一定要報案，於是她就去梳洗更衣，兩人一起到新生幼稚園去，準備會同王湘芷一同到派出所去。

可是，園裡的職員說園長有事出去了，剛走了五分鐘。

馮楠君一時沒了主意，陸宗一主張先去報了案再說。他們到了最近的一間派出所，把小豪失蹤的事告訴了值日的員警，員警給他們備了案，但是說必須請王湘芷出面說明一切，因為她也是當事人。

陸宗一要馮楠君回家去等消息，又向幼稚園方面留了話：「園長回來請立即和小豪家裏聯絡。」

「你今天不要去上班了，在家休息，說不定可以守株待兔。我去找報社跑社會新聞的記者幫忙，看看有什麼門路？我會隨時跟你聯繫的。」陸宗一開著他的二手裕隆車子走了。

昏昏沉沉地在家等候了一整天，既沒有接到任何勒索的電話，而王湘芷也音訊全無。馮楠君又傷心又煩躁，小豪平白無故地失蹤，使她覺得自己像是陷在一場長長的夢魘裡，不知何時才能醒轉。

倒是陸宗一幾乎每小時都有電話來。傍晚時，他還帶了大包小包的食物，像燻雞、燻魚、泡菜、湖州粽子、巨峰葡萄、蛋糕、飲料等到馮楠君的家裡來，他知道她已經三頓沒有進食，所以特別買了這些她愛吃的東西來，要引起她的食慾。

馮楠君起初不肯吃，陸宗一說：「到目前為止，我們雖然還沒有查出任何端倪；但是，沒有接到勒索電話，也就表示不是綁票。因為綁匪目的在錢，他們一定會採取主動的。我想小豪的失蹤一定另有原因，你這樣不吃不喝，虐待自己是何苦呢？沒有必要嘛！」

在陸宗一的苦勸下，馮楠君勉強吃了一點東西。晚餐後陸宗一仍沒有離去的意思，他說他已請了假，問她是否准他逗留到十點。馮楠君點點頭，她又何嘗不想有人伴她呢？有個人說說話，豈不比獨個兒讓焦慮和痛楚啃噬強十倍？

兩個人坐在電視機前，心不在焉地瞪視著螢光幕。陸宗一偶然站起來打電話跟他的同事聯絡，馮楠君也打了很多次電話到新生幼稚園去，但是都沒有人接。

在痛苦的等待中時間似乎走得很慢，可是，「十點」似乎又來得很快。壁上的石英鐘指到十時，陸宗一站了起來對馮楠君說：「我看我還是回去吧！有事再打電話好了。你自己也該好好睡上一覺，一切明天再說，好嗎？」

「唉！你叫我怎麼睡得著？小豪失蹤二十七個小時了，假使再找不到了，我想我也不要活了。」馮楠君失神地望著大門說。

陸宗一躊躇著，不知該走還是該留下來。這時，電話響了，他走過去接，對方是個女的，說要找馮楠君。

「楠君，我是湘芷。小豪回來了，現在在我這裡，你快點來吧！」電話中傳來的是王湘芷急促的聲音。楠君一聽，也不知道是太快樂，還是因為一直繃緊的神經一旦得以鬆弛，來不及適應，竟然就昏倒在沙發上，電話都還沒掛哩！

陸宗一也慌了手腳，他先把電話接過來，了解了對方說的是什麼，知道小豪平安歸來，就定了心。他把楠君弄醒，兩人遂匆匆忙忙的趕到新生幼稚園去。

王湘芷看到他們，臉上沒有預期中的喜悅，相反地卻是面色凝重的領他們上樓，而且一言不發。馮楠君一走進王湘芷的住處，就大喊小豪的名字，然而沒有人回答。

「小豪生病了，他在我的床上。」王湘芷聲音含糊地小聲的說，眼中閃耀著淚光。

衝進王湘芷的臥室，馮楠君撲向躺在床上的小豪。她一把抱著他，細細審視她那失蹤了廿多小時的兒子。小豪已經睡著了。頭髮、面孔、小手、衣服都很乾淨，不似受過折磨。只是，他的額頭和兩頰都發燙，呼吸也有點急促，是生病了。

根本來不及問王湘芷小豪是怎樣回來的，楠君就叫陸宗一抱起小豪下樓，要他開車陪她送醫。王湘芷說也要一起去，但是楠君謝絕了她。

找到最近一家醫院，掛了急診。醫生診斷小豪只是急性喉頭炎，並無大礙，吃點藥就行，兩個人這才完全鬆弛下來，相視而笑。小豪這時仍是半睡半醒，楠君也不想在這個時候問他失蹤的經過。陸宗一仍然開車送她母子回家，她抱著小豪坐在駕駛座旁的位子上，兩人愉快地交談著，又恍惚回到從前的歲月。

陸宗一把小豪抱上樓去就識相的告辭。沒有多久，馮楠君接到王湘芷一通電話，知道了小豪的病並不嚴重後，就說她一個住在高雄的弟弟家裡發生急事，明天一早她要南下去幫忙一個時期，暫時無法照顧下課後的小豪，請楠君自己想辦法。

經過這場意外，馮楠君已決心不再當女強人，要以孩子為重，她每天都在六點以前回來接小豪，絕對不要讓歷史重演。陸宗一經常跟她聯絡，常常來看兒子，偶然三個人也一起出去吃飯或郊遊，相處得很不錯。他語重心長地告訴楠君：「我已經戒煙了」，言下之意，是希望破鏡重圓。

關於小豪的失蹤，他們根本無法從孩子口中聽出任何線索。因為小豪不懂什麼叫失蹤，也不記得那天去過什麼地方。反正兒子已毫髮無損的回來，他們對這件意外事件雖然充滿了疑惑，但是也不想再深究下去。

從那次以後，馮楠君也沒有見過王湘芷，聽說她從高雄回來又到美國去了（楠君衷心祝福她有機會見到她的兒子）。

這件「懸案」，大概只有王湘芷一個人心知肚明，她因為思子心切，想獨自佔有小豪，而自導自演的演出這齣失蹤案。字條是她寫的；「小鄭」並無其人；她只是把小豪送到她的娘家，騙父母說是她的乾兒子，請他們暫時照顧一下，準備再想其他「佔有」的辦法。但是不巧小豪發燒，她良心發現，就把他帶回來。這時，她也明白世間事不可強求，而且也無顏再見馮楠君，就請她的妹妹暫代園務，出國散心去。

她還是常常想起小豪可愛的模樣。但是，小豪在不久之後就把這位疼他愛他的「園長阿姨」忘得一乾二淨。

誰來跟她說話？

她已經忘記自己多久沒有跟別人交談了。也許該養隻小貓、小狗或者一籠鳥兒甚麼的，就像電影中那些外國老太太一樣，想發發牢騷時也好有個傾訴的對象；可是，那不就跟自言自語的瘋子一樣了嗎？她一個星期上一次菜市場，買簡單的幾樣菜根本用不著說幾句話。在樓梯上碰到鄰居，點頭微笑就已經很有禮貌，也似乎不必開口。

老伴在世時就不愛說話；獨子也遺傳了父親的性格，沒有事絕不開口，多年來她的耳根倒是十分清靜，漸漸也變得沉默寡言了。她沒有甚麼親戚朋友，做了三十多年公務員，生活圈子本來就很狹小，退休後就連過去跟她十分要好的女同事都不再往來，她也不想去打擾人家。唯一的兒子又遠在異邦，六十七歲，略有積蓄，而尚未老邁的她，卻已渡過了一年多孤零寂寞、無人可語的歲月。

當然，鄰居也有不少跟她年齡相若的老太太，但是全都是沒受過甚麼教育的婆婆媽媽型，跟那些人交談，總有點言不及義之感，後來她乾脆經常把自己關在公寓裡，甘冒「沒有守望相助精神」的大不韙，也甘冒被人批評「驕傲」、「自大」的危險。其實，她何嘗願意長期做個三緘其口的金人？她也渴望有個人可以共訴衷腸。長時期與影子作伴，長時期不開口，說不定會把人逼瘋的啊！

這一天，天氣實在好得不能再好，白花花的太陽從陽台外照進客廳裡，照得室內的一切都金光閃閃的；看著欄杆上的盆花在陽光下枝葉搖曳，更是使得人覺得沒辦法在屋子裡待下去；即使一向靜如處子，過慣了老僧入定般生活的她，居然也躍躍思動的想到外面去享受溫暖的初冬陽光，也順便看看那久違了的花花世界。

對！我不能守株待兔，整天關在屋子裡，誰來理睬你這個老太婆啊？你渴望友誼，渴望有人關心，為甚麼不主動先向別人伸出友誼之手呢？范思敏這樣想著，為了怕自己改變主意，就馬上付之行動。好在她並不需要塗脂抹粉，把頭髮梳理整齊，換過一身上街的衣服，挽起那隻追隨她多年的半舊皮包，就出門去。

在暖暖的陽光走出巷口去搭公車，范思敏的心情輕鬆而愉快。她準備先到新公園去逛逛，曬曬太陽，再到超級市場去買點食物日用品；然後，去吃一碗麵就回家去。公園、超級市場、小吃店，都是容易跟人搭訕的好所在，說不定她會因此而結識了一個新朋友，說不定還會有個可愛的小女孩認她做乾媽哩！

她順利地搭到了公車，不是交通的巔峰時間，車子裡很空，但是車廂前半部的座位也坐滿了人。她正想往後面走時，一個背著書包的國中女生站起來讓座。

范思敏謝了她，坐下。那女孩一手抓著座椅靠背上的不銹鋼把手，站在她旁邊。

范思敏仰頭望著她那姣好的側影和白嫩的手背，愛憐之心頓起，要是我有這樣一個孫女兒該多好啊！

「小妹妹，你怎麼現在才上學呀？」她忍不住開了口。

「我讀夜間部。」小女孩有點不情願地回答。

「哦！你幾歲？讀幾年級啦？」范思敏從她制服上綉著的字樣知道她學校的名字，卻還要追問下去。

小女孩不回答，臉上露出了煩厭的表情，往車廂後面去了。

我太多嘴了，把人家小姑娘嚇跑啦！難道真是憋得太久急於找人說話嗎？否則，我怎會變成個大嘴巴呢？范思敏不停地自怨自艾著，上車前的輕鬆愉快早已不知去向，現在，她只是一個勁兒地因為自己變成惹人嫌的老太婆而傷心。

在暖陽的照耀下，新公園平凡的景色今天似乎顯得比較可人。她費力地推開旋轉門走進園內，走上那道小小的拱橋，橋畔的垂柳絲毫沒有枯黃的現象，一些常綠樹更是欣欣向榮，顯示出寶島的沒有冬天，而草坪上的一品紅，都已開始綻放出艷紅的花朵了！

她沿著石徑漫步，恣意接受陽光的柔撫。一個胖嘟嘟的小男孩邁著肥胖的雙腿蹣跚地向她走過來，一對年輕夫婦緊緊跟在後面，這幅美好的天倫之樂圖，使她想起三十多年前剛到台灣時的情景，她不是常常跟丈夫帶著三、四歲的兒子到新公園來玩嗎？一轉眼之間，丈夫已離開人間將近十載，兒子也已進入中年，在海外成家立業。她快要退休前，兒子曾一再來信要她把這裡的房子賣掉，到美國去居住。她一則不想垂老投荒，二則不知是否能夠跟那從未謀面的兒媳共處，所以始終沒有答應。但是，獨居久了，又覺寂寞難熬。她雖然還是不想投奔兒子，可是卻曾經萌生過認一個義女來陪伴自己的心願，因為沒有生過女兒是她終身的憾事。只是，人海茫茫，又叫她到那裡去找她心目中那個溫順、乖巧的女娃呢？

走著走著，她下意識地走到她從前曾帶孩子來過的兒童遊樂場那個角落裡，找了一張空椅子坐下。因為天氣好，今天來這裡玩的小朋友可真不少。一張張紅撲撲、圓滾滾的小臉，一陣陣天真無邪的笑聲，使得范思敏既想起了兒子小時的情景，也想到了兩個只看過照片的孫兒女。我也是有子有孫的人呀！為甚麼卻變成孤獨的老太婆呢？社會潮流所趨，這是怪不得兒子，也怨不得自己命苦的，在台灣，跟自己同病相憐的人，恐怕不在少數吧！

她遊目四顧，想找陌生人聊天的念頭又起。夫婦同來的她不想找，有伴的了不想找，那些人不會搭理她的。啊！那邊有個少婦，獨自坐著好久了，她的視線一直盯著滑梯上的小孩，她一定也帶了孩子來，這樣，我們就有談話的題材了。

范思敏慢慢地走到那少婦面前，裝作是找椅子坐的樣子，把那少婦略略端詳了一下。嗯！長得眉清目秀，穿著得樸實大方，看起來挺順眼的，大概還不討厭吧？她猶豫了一下，就在少婦所坐的鐵椅子另一頭坐下。少婦轉過頭來看見是個老太太，就禮貌地朝她淡淡一笑。

「太太帶小孩來玩？」范思敏趕緊抓住機會開了口。

「對！她就在那邊。」少婦向著滑梯那邊呶呶嘴。

滑梯上一大堆小孩，范思敏根本不知道少婦指的是哪一個。

「哪一個是你的小孩呀？」她乘機又問。

「那個穿紅毛衣的女孩。哪！她現在要溜下來了。」少婦揚聲又叫：「小娟，不要再玩了，到媽媽這裡來。」

小女孩蹦蹦跳跳地跑過來了。她有著一雙圓溜溜的大眼睛，跟媽媽一樣的小巧嘴巴，年紀不過三四歲（大概跟孫女菲比差不多吧？）可愛得像個洋娃娃。

「好漂亮的小姑娘！你幾歲啦？」范思敏一看見就搶先問。

小女孩笨拙地豎起了三根指頭。

「小娟，喊奶奶！」少婦對女兒說。

「奶奶！」乖巧的小女孩果然用清脆稚嫩的童音喊了一聲，直使得范思敏心花怒放，恨不得把她一把抱起來親一下。

「小娟真乖！」范思敏伸手摸了摸小女孩的臉，又對少婦說：「你這女兒真可愛！你這麼年輕就做了媽媽，好福氣啊！」

「我不年輕，已經三十歲了，小娟上面還有個哥哥。」少婦一面回答，一面替女兒整理身上的衣衫，說：「小娟，跟奶奶說再見，我們回家吃飯去啦！」

范思敏忽然想出了一個主意：「太太，我很喜歡小娟，難得我們萍水相逢，你就讓我做個小東，請你們在這附近吃一頓簡單的飯好嗎？我也有兩個孫兒女，可惜遠在美國，還沒見過面，我第一眼看到小娟，就想到他們。」她不等少婦回答，又問小娟：「小娟，你喜歡吃甚麼？告訴奶奶好嗎？」

「我——我要……」小女孩正要開口，少婦已猛地站起來，拉著女兒的手，大聲的說：「小娟，我們回家去！」然後，又用一種戒備而略帶歉意的表情看了范思敏一眼說：「老太太，對不起！我們不能接受陌生人的邀請的。」說著，就像逃避甚麼似的，牽著女兒，急急離去。

望著母女兩人浴在陽光下的背影，范思敏有著被人摑了一記耳光的感覺：我又把事情弄砸啦！才說了兩句話，就要請人家吃飯，人家不把你當瘋婆子才怪啊！

她懶洋洋地站起身來，拖著腳慢慢向公園出口走去。她肚子有點餓，喉頭卻有著梗塞的感覺。走出了公園，信步走進路旁一家看起來比較清潔的小吃店。快到中午了，店裡已擠滿了上班族的男男女女。她看到角落裡的一張桌子坐了兩名少女，還空著一個座位，就趕緊擠過去坐了下來。

她要了一碗排骨麵。同座兩個少女要的也還沒有送來，正哼哼唧唧地說著話。她打量了她們一眼，其中一個燙著一頭小卷的短髮，活像隻鬈毛狗，一張臉塗得又紅又綠的，令她有不忍卒睹之感。另外一個則是留著長長的清湯掛麵，脂粉不施，樸素無華，卻是秀麗天成。兩人一俗一清，形成強烈對比，後者正是范思敏理想的好女孩，便忍不住多看了兩眼，聽見他們談的是辦公廳裡的事，也就大膽也問了口：

「兩位小姐在附近上班？」說話的時候她的眼睛卻是盯著清湯掛麵的。

「是呀！」鬈毛狗回答說。

「你們中午都在外面吃？不怕傳染肝炎？」范思敏又問。

「那有甚麼辦法？公司不供膳，帶飯又太麻煩，只好天天在外面打游擊啦！」回答的還是鬈毛狗。清湯掛麵臉上的表情冷冷的，似乎很不愛說話。

范思敏把兩人又打量了遍，改變了話題：

「你們兩位誰比較大呀？嗯！讓我猜猜看。」

鬈毛狗正想說甚麼時，清湯掛麵皺著眉，用手肘碰了她一下，阻止她開口。

正在這個時候，她們兩人所點的雞腿飯送來了，兩人立刻埋頭苦幹（清湯掛麵模樣秀氣，吃相卻不怎麼斯文哩！），不再理會她。兩人狼吞虎嚥地吃得很快，等到范思敏的排骨麵送來，她們已吃得差不多。兩分鐘過後，她們已完成了剔牙、擦嘴的程序，鬈毛狗又當眾塗口紅、補妝一番，然後，看都不看她一眼，就揚長離座。她看見她們勾肩搭背，交頭接耳地走著，還隱隱聽見「神經病」三個字。

一碗又香又濃的排骨麵放在她面前，她喝了兩口湯，就吃不下。歇了一會兒，也就離去。本來，她還想到百貨公司逛逛，順便買點日用品的；現在，她已興致索然，只想快點回到她那獨居多年的小窩裡去。怕極了寂寞的她，原想找機會向人伸出友誼之手；可是，在這個社會裡，人與人之間為甚麼要橫亙著一道鴻溝，大家都彼此互相提防著，戒備著，不敢相信別人，使得她那隻伸出去的手，永遠得空著回來呢？看來，她還是得從小狗或者小貓身上來尋求慰藉了。

劉太太的美國行

劉太太終於要到美國去了。這是她憧憬了十年的夢，一旦好夢成真，她快樂得簡直像是中了統一發票的第一特獎，甚至像是登了仙。自從接到了兒子邀她去玩，並且附了一張一千元美金支票的信以後，就打從心眼裏樂了起來，整天眉開眼笑的咧著嘴。探親的簽證還沒辦好，就沉不住氣了。她遇到鄰居，到巷口的雜貨店去買東西，有親友打電話來，一定主動的告訴對方：「我要到美國去了，不過你不要跟別人講。我兒子寄了一千塊錢美金給我做旅費，叫我去看看孫子，還說隨便我住多久哩！」

「恭喜你嘍！劉太太，你早就應該去玩玩的嘛！你的公子不是早就拿到博士了嗎？」對方也一定笑嘻嘻的向她道賀。

也難怪劉太太這樣想去美國。她只有一兒一女，兒子在十年前就出國深造，女兒也在八年前出嫁到外地，家裏就只剩下兩老寂寞相對。劉先生是個事業心重的人，整天忙開會忙應酬，很少在家。從早到晚，都是她一個人守著一間空蕩蕩的屋子。她既不打牌，也沒有甚麼特殊嗜好，簡直不知道怎樣去打發那份似乎揮霍不盡的光陰。

兒子在五年前拿到博士以後，找到一份待遇很好的工作，就跟一個美國女孩結了婚。他事先並沒有寫信來徵求父母同意，婚後才寄照片回來。信上說是怕兩老反對，才出此下策，請他們原諒。珍妮雖然是美國人，但是生性溫順，熱愛中國，她已答應將來跟他回國侍奉公婆云云。兒子的話消除了二老對他不告而娶的怒意；女孩很美，金髮碧眼，一臉甜笑，這也使得他們興起了憐愛之心。現在是甚麼時代了，異國通婚，根本算不了甚麼，報紙的第一版，不是經常有「小女與史密斯先生」或「小兒與葛瑞遜小姐」已在某地結婚的啟事嗎？有甚麼稀奇的？中國媳婦也好，洋媳婦也好，只要孝順就行啦！

「老伴，咱們就等著做美國人的祖父母吧！」劉先生笑著對妻子說。

「有一件事我挺擔心的。」劉太太本來也笑嘻嘻，忽然說著就皺起眉頭來。

「甚麼事呀？」

「我不會說英文，將來媳婦回來我怎麼辦？」

「怎麼辦？叫她學中文呀！她回到中國來，當然要學咱們的話，難道要我們遷就她不行？該擔心的是她而不是你。」劉先生振振有辭的說。

當晚，他還寫信給兒子，叫他從現在起就要教妻子學習中文。他這樣寫著：「珍妮既嫁為劉家婦，即具有中國國籍矣，中國人豈可不懂中文？兒亟應自即日起授以中文，務求能講能讀，庶幾不負身為華人之妻也。」

一年過後，遠洋又捎來了喜訊，珍妮替他們生了一個孫子，兩老果然做了美國人的祖父母。照片中那個男娃兒捲曲的黑髮，大大的眼睛又黑又亮，小臉蛋又紅又圓像個蘋果，可愛極了。最高興的是，他們這個長孫不像洋人，要是金髮而扁鼻，那就氣煞人了。現在，這張可愛的小臉正好揉合了東西方人種的優點，簡直是上帝的傑作，兩老不禁樂壞了。

這時，在劉太太心底醞釀了多年的美國之行的念頭就蠢蠢欲動起來。近年來，這個社會流行著出國熱：留學、考察、開會、受訓、外調、經商……名目繁多，而去探視留學生的父母更多。光說他們這個新村裏面，到過美國的太太們比比皆是，有些人兒女才出去一年，他們就藉機出去觀光。

「我們大南都得了博士了，結婚了，有孩子了，難道我不該去看看孫兒？」

劉太太逮著一個機會，幽幽地把這個意思說了出來；不過，她也有兩個需要考慮的問題：第一，她捨不得拿出這筆旅費，聽說別人出去一趟就得花一、二十萬元。第二，她走了以後誰照顧劉先生的起居飲食？

想不到劉先生倒很慷慨，他不反對她動用儲蓄，而且鼓勵她出去走走散心，免得長年悶在家裏。至於他個人的起居，他認為不成問題。平常，他本來就在公司裏吃中飯；現在，他也可以在公司吃了晚飯才回家。衣服嘛！拿到洗衣店裏去洗，不就行了嗎？

「不過，我們得寫信徵求大南同意，那個到底是他的家嘛！何況，他已娶了媳婦？」劉先生倒是考慮到這個問題。

他寫信給兒子，表示老媽媽想來看看未見過面的媳婦和孫子，問他家裏有沒有多餘的房間。兒子回信說歡迎媽媽來玩，珍妮也很想看看她的中國婆婆。他說，他也早有這個心願了，目前正在存錢，不久就可以湊個總數寄來做旅費。這次讓媽媽先來，下一次就輪到爸爸。

收到這封信，兩老都感動得幾乎掉眼淚。你看看兒子多孝順呀！他居然要存錢給我們做旅費。他現在是做父親的人了，負擔一定不輕，劉先生有點不忍心要他寄錢；但是劉太太認為最好不要抹殺兒子的一番好心。何況，他們老了，積蓄用掉便再也存不起來，兒子年輕，往後賺錢的機會還多著，那就等他寄來吧！

果然兒子沒有食言，三個月後便寄了錢來，並且正式邀媽媽去玩。手中握著那張一千元美金的支票，劉太太高興得又哭又笑的，她覺得她當年養育兒女的辛苦並沒有白費，這是報酬嘛！

她幾乎是立刻就辦手續，她自己不懂，劉先生又太忙，所以一切都委託旅行社。還好，兒子就住在紐約市，不必換飛機，坐華航有中國的空姐照應，到了那邊兒子會來接機，根本不會有問題。

在等候簽證的期間，劉太太就忙著為自己添製新裝和買東西帶給兒子。為了怕別人說她土包子，她沒有去向去過美國的鄰居太太請教。她想：十年不見，得送一份厚一點的禮物給兒子，就自作主張的依照他從前上大學時那件制服外套的尺寸，給他訂做了一套英國毛料的冬天西服。媳婦嘛！雖是外國人，也得準備一份見面禮，她為珍妮打造了一條沉甸甸的純金鍊子。媳婦有金鍊，孫子怎可以沒有？大南滿月的時候，他外婆送給他一塊鑲在帽子上的金飾，還有一隻小小的金鐲子。現在，這些都不時興了，劉太太就給孫兒打了一塊金牌，上面刻著「長命富貴」四個字，準備給他掛在脖子上。同時，她又想到在美國可能吃不到中國食物，就買了肉鬆、肉乾、茶葉、皮蛋、蝦米、魷魚乾、瓜子等等大包小包的；另外還為孫子買了兩包茯苓糕，那是她自己小時候常吃的東西。

劉先生因為太忙，對太太帶甚麼東西到美國去，也就沒有過問。這是女人家的事，他何必操心呢？

行期快到了，劉太太由於興奮和緊張，夜夜都失眠，到了上飛機那天，一張臉已瘦了一圈。劉先生和兩位鄰居——王太太、陳太太送她到機場。她一位小學同學趙慕儀、一位從前的老鄰居張太太、一位表嫂、還有姪兒阿興都到機場送行。這一天，劉太太刻意打扮了一番，做了頭髮，在鬆弛的臉上薄施脂粉，穿著新做的長旗袍，一手挽著新買的皮包，一手提著小旅行袋，喜氣洋洋地周旋在眾親友之間。劉先生很細心，還在她的皮包裏放了一張用英文寫著兒子姓名、地址和電話的紙條，準備萬一兒子沒有來接機，她也可以把紙條拿給計程車司機看，僱車到兒子家裏。劉先生又體貼地叫她放心多玩幾天，不要擔掛他，他會照顧自己的。

就這樣，劉太太第一次搭乘噴射機，實現了她萬里尋兒的美夢，一個星期之後，劉先生收到她平安抵步的信。

兩個星期之後，劉太太的來信有點牢騷，說媳婦根本不會說中國話，孫子又怕生，根本不讓她抱。白天兒子上班以後，她就連一個說話的人也沒有。

三個星期以後，劉太太打越洋電話回來，說明天便回臺北，叫劉先生去接機，但是不要通知其他的人。

接到電話，劉先生並不驚訝。在電話中劉太太雖然沒有說明原因，不過他也可以猜出幾成，大概不外是生活不習慣與及言語不通。一個不懂英語的中老年人迢迢路遠跑到外國去，又有幾個能夠適應呢？

在中正機場，劉先生順利地接到他的老伴。他痛心地發現：才分別了二十多天，妻子竟然變得又老又憔悴。她蠟黃著臉，口紅也不擦，身上隨隨便便地穿了一件舊襯衫和長褲，跟起程那天的神采煥發、意氣飛揚判若兩人。

他接過妻子手中的小旅行袋，再挽起腳伕推過來的皮箱（這皮箱怎麼好像比去時輕得多呢？）僱了一部計程車就回家去。

「你那件漂亮旗袍呢？怎麼不穿了？」在車上，劉先生忍不住這樣問。

「我怎敢再穿嘛？去的時候，才下飛機，一見了大南，十年不見，他一開口就是：『媽，現在是白天，你幹嘛穿拖地的晚禮服？人家會說你不懂穿衣呀！』我一氣之下，在美國的三個星期，就天天穿長褲。他還說美國人都穿得很隨便，根本不必特別打扮。我那幾件新旗袍就一直躺在箱子裏不曾動過。」劉太太在說話的時候，臉朝著車窗外。

「大南怎樣了？還是老樣子吧？珍妮和孫子呢？」

「別提了，他比以前胖了許多，我還替他做了一套西裝帶去，結果他根本穿不下，又帶了回來。更氣人的是：一盒肉鬆一盒肉乾，到了夏威夷就被美國海關沒收了。其他的東西，大南一點興趣也沒有，他說：『媽，你何苦帶這麼多東西呢？這裏華埠甚麼都買得到呀！何況珍妮又不會弄中國菜，你帶這些蝦米、魷魚做甚麼？』珍妮居然還在旁邊掩著鼻子，你說氣人不氣人？」

劉先生不忍責備妻子無知，他只好改變話題，又問：「珍妮這個人怎麼樣？孫子呢？很可愛吧？」

劉太太不回答，她想起了初見珍妮時的情景。

珍妮沒有去接機，只是抱著孩子在門口迎接。她跟照片中一樣美麗，見了面，她用怪腔怪調的中國話說了一句「媽，你好？」雖然是怪腔怪調，但是有一個外國人叫自己「媽」，也是挺樂的一回事。劉太太也眉開眼笑地說：「珍妮，你好。」然後伸手就想抱她懷中的小寶寶，一面嘴裏還說著：「小寶乖，給奶奶抱抱。」小娃兒硬是不肯給她抱，一個勁兒的往媽媽懷裏躲。

「媽，以後再抱吧！他怕生。」大南說。

「他叫甚麼名字呀？」

「叫Harry。」大南說。劉太太聽不慣英語，大南就說：「你叫他哈瑞好了。」

「你為甚麼不給他取中文名字呢？」劉太太有點不高興。她老覺得「哈瑞」有點像狗的名字，以前她就聽過有人管他的狗叫「哈瑞」。

「這是珍妮的意思，她覺得這樣叫起來方便些。」

進了屋內，劉太太忙不迭就從皮包裏拿出那條金鍊和金牌來。

「珍妮，這是我和你公公給你和孩子的見面禮。」她用中文對珍妮說，珍妮卻是瞪著那雙透明的藍眼睛，茫然不解。

「媽，對不起，珍妮不大懂我們的話。」大南在一旁說。

「甚麼？你不是說她熱愛中國？你沒有教她？」劉太太滿腔的失望和不高興。

「是這樣的，我和珍妮都實在太忙了，以前她要上班，現在要帶孩子，我們都抽不出時間來。我以前教過她一些，她只懂一點點。」

「那麼，孩子呢？」

「孩子還不會說話，慢慢我會教他的。」

「算了，他整天聽你們說英語，將來一開口還不是跟你們一樣。」劉太太跌坐在一張沙發上，像洩了氣的皮球。「大南，你把我剛才的話翻譯給珍妮聽吧！」

大南嘰哩咕嚕地說了幾句話，只見珍妮拿起那條金鍊子和金牌看了看又放下，也不說話，就抱著孩子進房間去了。

「怎麼啦？她不喜歡？」劉太太都快哭出來了，她花了心血想出來，又花了不少錢去訂做的貴重禮，媳婦只瞄了一眼就不要？

「我想她只是不懂得媽這份禮物的意義，她到底不是中國人呀！」大南心裏有點埋怨母親的跟不上時代和俗氣，只是嘴上不好意思說出來。

然後是那套西裝。每一件事都是吃力不討好，才第一天到美國，劉太太就已深悔此行。

現在，她把這一切都告訴了丈夫，劉先生卻是安慰她說：「算了，這些事情早已過去，你一番好意，大南絕對不會怪你的。你再說說，在美國那三星期裏玩得好不好？」

玩得好不好？天！我難道是為了玩才去的？我主要是去看看分別了十年的兒子和從未見面的媳婦和孫子呀！

「我覺得大南變了，變得好陌生！很多話我都不敢跟他講。」劉太太又幽幽地告訴丈夫。

十年，不是一個短時期，大南已從一個剛剛離開學校的青年成長為一個有家有室的壯年人，又焉能不變？他對母親很客氣很體貼；但是，劉太太總是覺得母子之間有著一段距離。

剛到那幾天，每天下班以後，大南都開車載著一家人出去玩。有時是上館子，有時去看電影，有時去看歌舞，有時去逛百貨公司。到了週末，更是開幾個鐘頭的車到別處的名勝和風景區去玩。不過，劉太太對這些全不感興趣。美國的館子無論是西餐中餐她都吃不習慣；外國電影她看不懂；歌舞她嫌肉麻；逛百貨公司，看看價錢，再算成新台幣，她就樣樣都買不下手。到別的地方玩，坐幾個鐘頭的車，她又會覺得累。當然，為了不要掃兒子的興，每次她都是強打精神「奉陪」。

兒子在身邊的時候，倒是不應該抱怨，最難堪的是兒子上了班之後。她跟媳婦言語不通，孫兒又硬是不讓她抱。有時，媳婦在忙家事，小哈瑞一個人在地毯上爬來爬去，嘴裏嗯嗯呀呀的叫著，看著就可愛，她忍不住蹲下去抱他，小哈瑞馬上就大哭起來。這時，珍妮就會捍緊從廚房或後院跑進來，一把抱起孩子，又搖又哄的，那雙漂亮的藍眼睛還狠狠地瞪著劉太太，嚇得劉太太以後再也不敢碰那個小娃兒。有孫兒而不能親不能抱，這算是甚麼關係？

使劉太太更不能忍受的是吃的問題。每天中午，珍妮只喝一杯牛奶吃兩片三明治。當然，她也是這樣招待她的婆婆。這種午餐的質和量都只相當於我們中國人的早餐，劉太太不但吃不慣也吃不飽，餓了兩天，只得向兒子訴苦。兒子倒很同情她，到地下室去找出那個劉太太當年寄給他的電鍋，又特地到超級市場買了米和一些中國罐頭，讓她自己燒飯吃。劉太太雖然不喜歡吃罐頭，但是比起牛奶和三明治，叫她吃飯不吃菜也可以。她很想炒一盤青菜吃吃，然而兒子的廚房中沒有炒菜鍋，也就只好死了這條心。

兒子帶她去過一趟紐約的華埠，滿街都是自己的同胞；滿街都可以看到中文；中國的各式各樣食物，幾乎樣樣都買得到。劉太太樂壞了，她覺得出國以來，最大的收穫就是到過這裏。她很想自己單獨來逛逛，享受享受家鄉的美味。可惜，兒子家住上城，距離華埠很遠，她自己不懂得怎樣坐車去，而兒子也不放心讓她單獨出門。

就這樣，劉太太幾乎是一到了美國就開始想家。她擔心老伴的起居飲食；擔心白天家裏空城會招小偷；擔心老伴忘記了澆花；擔心這擔心那，加以在兒子家整天無人可語，度日如年，漸漸的便變得歸心似箭而坐立不安起來。她向兒子表明心意，大南也沒有堅決挽留，因為他也同情母親言語不通以及不能隨便自由行動之苦。他邀請母親來往之前並不是沒有考慮到這個問題，只不過母親既然表示要來，他也不便拒絕就是。

「媽，我很抱歉珍妮不會說中國話。這樣好了，爸爸退休以後，你們兩老一同來，爸爸會說英語，你們就可以方便些。在這兩三年內，我一定想辦法教珍妮說我們的國語，好嗎？」大南這樣對母親說。

兒子到底是體貼的、孝順的，劉太太又是感動得眼淚都快要掉出來。

機場送別的時候，珍妮主動地把孩子塞往婆婆懷裏，在小哈瑞的哭嚷踢腿中，劉太太緊緊地抱著她的長孫，迅速地在他紅噴噴的臉蛋上親了一下，算是還了心願。

「媽，再見！」還不到登機時間，珍妮就又用生硬的中國話對劉太太說，同時還拿起哈端的小手，向她揮動。

她鼻子酸酸的，也向洋媳婦和孫兒揮著手，喉嚨裏卻梗塞著說不出話來。

大南一手替她提著旅行包，一手輕擁著她，送她進入登機室。

「大南，你甚麼時候帶珍妮和哈瑞回來呀？」劉太太哽咽著問。

「會的，我們會很快回來的，到時候我會寫信告訴你們。媽，路上小心保重！」這是大南跟她所說最後的一句話。

回憶到這裏，劉太太眼圈一紅，一顆淚珠從眼角滾了出來。想到自己是在計程車上，就連忙掏出手帕來把眼淚拭去。

到了家門口，劉太太正擔心被鄰居看見，太快回來，面上不夠光彩。不巧，她的緊鄰王太太正在大門口跟對門的陳太太聊天，她們兩個都送過飛機的。

計程車才停下來，王、陳兩太太就簇擁過來了。

「喲！劉太太，這麼快就回來啦？真想不到！」王太太的女高音首先響了起來。

「是呀！怎麼不多玩幾天呀！那不太可惜了嗎？」陳太太也接了腔。

「兒子媳婦都忙，我不想多打擾他們，就提前回來了。」劉太太淡淡的說。

「敢情是捨不得離開老爺吧？」王太太又高聲的叫了起來。

「可不是？你看，劉太太瘦多了。奇怪，別人到美國都會長胖，美國的牛油怎麼沒有使你長胖呢？」陳太太也不放鬆的說。

「兩位太太，改天再請你們到舍下玩吧！內人經過長途飛行，有點累，需要休息，失陪了。」劉先生推了劉太太一下，示意叫她先上樓去，自己付了車錢，也提著行李上去。背後，還聽見王太太的女高音：「好體貼的先生呀！」

屋子裏，一切井然有秩；陽台上，盆花都開得欣欣向榮，就像她沒有出門以前一樣，這使劉太太放心了不少，路上的疲累，也一下子似乎消失了。劉先生勸她去睡，她卻馬上要打開行李。

「看看兒子給你買了甚麼東西。」她說。

她自己根本沒有買東西，所以箱子裏絕大部份都是她帶去的衣服，最傷心的是送給兒子的那套西裝，又原封不動地帶回來。劉先生是穿不下的，看樣子只好送回那家西服店去寄賣了。

一件箭牌的淡藍色亞麻仁布襯衫和一條藍底白花的絲質領帶是大南送給爸爸的。珍妮也給公公送了一隻K金的領帶夾。劉先生對兒子的禮物很滿意，直說兒子心細，還記得他喜愛的顏色。

大南送給母親的是一隻名牌的手錶，珍妮送她的是一個粉盒。劉太太正在把箱子裏面的東西一件件拿出來的時候，忽然驚叫了一聲：「糟了！」

劉先生也吃了一驚，以為她丟掉甚麼東西，連忙問她甚麼事。

「我忘記給送行的人買小禮物了，你看怎麼辦？」劉太太哭喪著臉說。

出國以前，她早就計畫著要給誰帶甚麼東西。但是，到了美國之後，一則心情不好；二則沒有機會慢慢去挑選便宜東西，每次去逛百貨公司，都像是走馬看花似的，根本沒辦法買，漸漸就把這件事情給忘了。

「別急，看看你箱子裏還有甚麼東西？」劉先生安慰妻子。

兩個把皮箱和旅行包中的東西都翻出來，找到了半打香皂和兩枝自動原子筆，那也是大南送給他們的。

「算算看你走那天有誰來送行？」劉先生說。

劉太太扳著手指算：王太太、陳太太、趙慕儀、張太太、表嫂、阿興，剛好六個人。

「一個人送一塊香皂好不好？」劉先生建議。

「不好，太微薄了。臺灣香皂這麼便宜，誰希罕？王太太、陳太太表示過要我送口紅的。你說怎麼辦嘛？」劉太太都急得滿頭大汗了。

劉先生想了一想，說：「那我們在這裏買了送給她們就是，你現在先休息，明天去買不就得啦？」

「不行，她們明天一定會來的，到時我拿不出來多不好意思。你現在去買，百貨公司的專櫃就有得賣。」劉太太忽然變得精明起來，她拿了一張紙，在上面寫著「露華濃」三個字，又註明「暗紅色」，叫丈夫馬上去買兩枝這種牌子這種色澤的口紅。

劉先生出去了以後，她躺在床上，卻是翻來覆去的睡不著。她一直在盤算買甚麼給其餘曾經去送機的四個人，照原訂計畫送巧克力糖或化妝品（恐怕太貴了，買不起）呢，還是就送香皂？

想著想著，劉太太入睡了。她夢見自己和丈夫一道到美國探望兒子。兒子還是以前上大學時的樣子，珍妮說得一口流利的國語。小哈瑞已經會走路，看見了他們，就邁開兩條胖胖的小腿，蹣跚地走向他們，咧開小嘴不斷地叫：「爺爺，奶奶，抱抱！」她一樂，伸手去抱，卻抱了個空。一驚醒，睜開眼，抬起手看見兒子送她的手錶，她發覺自己才睡了不到半個鐘頭。

相逢何必曾相識

每逢星期日上午，坐在公園裏看小孩子們玩耍，二十年來，已成為魏秋芙生活上的習慣，也成為她生命的一部份。

有時，她聽見稚嫩的童音在叫：「大姊姊！大姊姊！」就會緊張地轉過頭去，以為是自己的弟弟或妹妹在叫她。等她發現在叫大姊姊的孩子是陌生的，這才省悟到她的弟弟秋芃早已長大成人，遠適異國，而她的妹妹秋萍也已為人之母，時光已流逝了二十年。

這時，她就會悠悠地嘆一口氣，同時下意識地低頭注視自己那雙粗糙露筋的、像老婦人一樣的手。這雙手，就是她侍奉生病的父親和撫育兩個弟妹的見證。雖然她並無怨尤；不過，要不是為了這些年來的操勞，她不應該有著一雙這麼蒼老的手的，她才不過三十多歲啊！

一個年輕的母親推著一部嬰兒車走過。車子裏的嬰兒不斷地揮動著小手，嘴裏也咿咿呀呀的叫著，非常可愛。魏秋芙情不自禁的對著嬰兒微笑起來，她想起了剛來臺灣的頭一年，她母親也曾經推著一部竹製的嬰兒車帶她和秋芃到公園裏去玩，坐在車子裏的是秋萍。她的母親很美麗，三個孩子也很可愛，常常博得公園裏的遊人讚美。誰知道，兩年多以後，母親竟被一種奇怪的病奪去了生命。那時，秋芙只有八九歲，根本不知道那是甚麼病，等到她知道要問父親時，父親也已不在人間了。那真可說是秋芙終生的憾事。

一對情侶偎依著從她面前走過。兩個人有說有笑的，面上都洋溢著幸福的表情。魏秋芙又在心中暗暗嘆了一口氣。她想：她這一生大概不會嘗到愛情的滋味了。年輕的時候，她沒有空去談愛，也沒有勇氣去接受愛。現在，父母都已逝世，弟妹也不在身邊，幾乎是剩下孑然一身，她渴望著愛情的滋潤，也希望享受到異性的溫存；可是，如今她是個面貌平庸，雙手粗糙的老小姐了，誰會看上她呢？

又有幾個穿著時髦的雙十年華少女走過。她也曾像她們一樣年輕過；然而，那個時候的她，根本沒有打扮的機會。她白天要到學校去教書，晚上回來要燒飯、洗衣、侍候父親、督促弟妹做功課。她每天晚上都要到十二點才能上床，第二天五點半就得起床做早餐、準備自己和弟弟妹妹的飯盒以及父親的中飯。長期的操勞以及睡眠不足，使她看來比自己的年齡老了許多，還不到三十歲的時候，她到菜場買菜，就有小販叫她「阿巴桑」。

經過了恁些年的艱辛與奮鬥，猶如一艘曾經從激流與險灘中掙扎出來的小舟，忽然到了波平浪靜的河面。驚險過去了，前面都是坦途；但是，卻已漸近下游。她現在是無牽無掛的了，不過，她卻時時感到空虛，沒有指望，人生似也走到尾聲。

今天天氣很好，沒有風，晴朗而暖和。河邊這個小小的公園裏，到處是喜悅的遊人，愉快的笑聲充溢在金色的陽光下，飄揚在綠樹和草坪間。遠遠望去，碧波如鏡的河面上有幾隻白鷺在低飛。好一幅和煦的冬景，好一個歡樂的人間！魏秋芙似乎也感染了他們的喜悅，分享了他們的幸福而忘卻了自己身世的坎坷。這就是她每個星期日都要到公園（每搬一次家，她就去不同的公園）來的原因，置在人群中（她可不喜歡到大街上、電影院或百貨公司中去擠），有時可以忘記了自己的孤獨。同時，她還要在公園中重溫舊夢。母親去世後，帶弟弟妹妹到公園中玩耍便變成了她的任務。她比秋芃大五歲，比秋萍大八歲，儼然一個小母親。

一個彩色的皮球滾到她的腳下。這種情形她常碰到，於是，她俯身下去，雙手把球捧起來，準備把它交還它的主人——那一定是個可愛的小朋友。她還沒拾起身子，又聽見有孩子在她附近跌倒的聲音，那一定是來追皮球的小朋友了。

她連忙把球放在椅上，站起身去扶起那個跌倒的孩子。那是一個四五歲的小男孩，臉孔圓圓的，有一雙烏亮的大眼睛。他跌倒了，膝蓋破了一點皮，卻沒有哭。他只是站起來拍拍身上的沙土，指著椅子上的球，對魏秋芙說：

「阿姨，那是我的球。」

「對，那是你的球。看，你的手和膝蓋都弄髒了，阿姨帶你去洗一洗。」魏秋芙說。

「不要，我爸爸來了。」小男孩搖著頭說。一個微胖的中年男人正氣咻咻的跑過來。

「這位太太，我的孩子怎麼啦？」他緊張地問。

「沒甚麼，他跌倒了，我想帶他去洗乾淨，他不肯。」雖然那個人對她的稱呼使她不悅；不過，魏秋芙還是很和氣的回答，因為他覺得小男孩有點像她的弟弟秋芃。

「太謝謝你了！太太，我來替他洗好啦！」男人微笑著說。「我這孩子很頑皮，才一轉眼，就被他跑掉了。」

「小弟弟幾歲了？」魏秋芙問。

「四歲半。」小男孩趕忙搶著回答。

「他長得很像我弟弟。」魏秋芙脫口而出。她覺得小男孩就像當年她帶著到公園去玩的弟弟。

「哦？太太還有這樣小的弟弟？」男人奇怪地問。

「我的意思是說他小的時候。」魏秋芙忍不住感到一陣不快。

「當然！當然！海兒，還不謝謝這位媽媽，我們走哪！」男人說。

「謝謝媽媽！再見！」小男孩把皮球抱著，伸出一隻沾滿沙土的小手向著她揮動了兩下。

「不要叫我媽媽！」魏秋芙沉聲喝道。

小男孩嚇得呆住。

「對不起！太太，因為我還沒有請教尊姓。我以為現在一般人都流行稱呼某媽媽某媽媽的嘛！」男人滿臉惶恐的向她解釋。

「也不要叫我太太。」魏秋芙由於一種近乎自卑的心理在作祟，因而變得有點蠻橫無理。

「那麼，我該怎麼稱呼您呢？」男人又小心翼翼的問。

「算了，我們又不認識，我為甚麼要你稱呼我？趕快帶小弟去洗乾淨吧！嗯！」魏秋芙把臉別轉過去，不想再看那個像她弟弟的小男孩。

「好的，再見！」男人向她微微一鞠躬，牽著孩子走了。

不知怎的，自從遇到這個小男孩以後，魏秋芙的心裏就無法平靜下來。她老是想到遠在異國、已經成家立業的弟弟，想起他小時候的可愛模樣。她也想到死去了的父親，而且竟然覺得那小男孩的爸爸跟自己的父親也有幾分相似。起碼，都是微胖的中年人。父親去世時也差不多是這樣的年紀，他喜歡喝酒，不幸因此而引起半身不遂，後來，卻是死於心臟病。父親脾氣很好，說話慢慢的，對人很有禮貌，而那個男人也一樣。

那天的夜裏，魏秋芙做了一個夢。她夢見自己跟父親各牽著弟弟的一隻手在公園裏散步。一會兒，父親變成了那個男人，弟弟變成了那個小男孩，而自己又變成了母親。醒來以後，她感到很難為情，為甚麼在夢裡會想到一個陌生人呢？但是，往後幾天她還是忍不住要想到那對父子。到了下一個星期日的上午，她買了一包糖果帶到公園去，還是坐在老地方，希望再碰到他們。她覺得自己上次對那個小男孩太「兇」了，她要補償。

然而，她在公園裏等了一個上午還沒有看到他們出現。那兩天，天氣變冷，公園裏遊人比較少。她想：也許他們怕冷不出來了。要不然，就是住在別處的人，只是偶然來的。

看著那包糖果，她竟有著悵惘之感。喝了半天的西北風，她再也熬不住，就離開公園，準備回家。

在她所住巷口的西藥房門口，意外的碰到了小男孩的爸爸。他的手中拿著一包藥，臉上隱隱有著憂色。看見了她，禮貌地微微彎了彎腰，只說了一聲：「你好！」

「你好！小弟弟沒有跟你一道出來？」壓制住內心的驚喜，她用大方而親切的口吻跟他說話。

「我兒子感冒了，在發燒，我現在就是出來替他買藥。」男人說，還揚了揚手中的藥包。

「啊！熱度高不高？感冒最好不要吃成藥。」她著急地說。這一方面，她懂得真不少。

「是嗎？我也不懂。孩子的媽去世得早，家裏又沒有老人家，我是胡亂把他帶大的。」

「你們住在哪裏？」她問。

「就在二十弄四號。」

「這樣好了，我去看看小弟弟，也許我知道該給他吃甚麼藥。」原來是住在同一條巷子的鄰居，大概是新搬來的吧？怎麼以前沒見過面呢？她想。

「那太謝謝你了！小姐貴姓？」男人像遇到了救星似的，又再向她鞠了一躬，他沒有忘記她叫他不要稱她為太太。

「我姓魏。先生呢？」

「敝姓秦，我叫秦可風。」

兩人走向二十弄，那裏兩旁都是新蓋的小公寓，小得像鴿子籠。魏秋芙住在三弄的一層三樓上，她在這裏分租了一個房間。房間並不太理想，因為距離學校近，反正單身一個，也就無所謂。

到了秦可風的家，他先掏出鑰匙開了門，然後側身讓魏秋芙進去。雖然是樓下，卻沒有院落，一進門就是客廳。客廳裏只有一套沙發和一張飯桌，佈置很簡單，連電視機也沒有，看得出主人生活的簡樸。

「魏小姐，海兒在房間裏。」秦可風說著，便走到前面引路。

房間也是小小的，擺著兩張單人床，兩床之間一張書桌，靠牆只有一個衣櫥，此外便甚麼也沒有了。

小男孩躺在其中一張床上，睡得昏昏沉沉的，小臉蛋通紅通紅。魏秋芙伸手去摸摸他的額頭，是有點兒燙，熱度不算太高。她問：

「甚麼時候開始的？」

「就是昨天晚上嘛！昨天，天氣忽然變冷，我在公司裏加班，沒辦法給他加衣服，他就穿著一件單衣在外面跟鄰居的孩子玩，一定是那個時候受涼的，到了晚上，他就說不舒服，不吃飯就去睡覺了。」秦可風搓著雙手說，一副自疚的樣子。

「唔，是剛開始的比較好辦，你們家裏有薑和蔥嗎？」魏秋芙問。

「好像有一點點。」秦可風想了一想說。

「一點點不夠。紅糖呢？大概也沒有吧？」

「沒有。」

「那我去買，我馬上再來。」

「魏小姐，那怎麼好意思？我去買。」

「那有甚麼關係？巷口雜貨店就買得到了。」魏秋芙說著，不等他回答，就走了出去。

魏秋芙到巷口的雜貨店買了半斤紅糖、一塊老薑和一把蔥，回到秦可風的家裏，就在他那狹小的廚房間燒開水，替海兒做薑蔥湯。這個方子是她母親在世時常常採用的。後來，她的弟弟妹妹感冒，她也沿用這個辦法，而且每次都奏效。燒好了，捧到房間裏，告訴秦可風把海兒叫醒，趁熱給他喝，讓他出一身汗，大概就會好。

她怕海兒醒來看見她不自在，把那包糖果放下，趁秦可風俯身喚醒兒子的時候，就悄悄退了出去。

這一天，她感到內心很快樂，很充實，因為她幫助了一個人。以後，她又開始惦念海兒的病不知道好了沒有，她沒有他家電話號碼又不想到他家去，就常常在巷子裏出出進進，希望碰到他們父子，可是卻一次也沒有碰到。

星期天，又是一個好天氣的日子。她早早便到公園去，還帶了本圖畫書，他相信秦可風父子今天一定會來。

果然，還沒有走到她的老地方，遠遠就看見秦可風坐在她常坐的椅子上，海兒在旁邊拍皮球。

秦可風看見她走過來，連忙站起來，滿臉堆笑的說：

「魏小姐早！」

「秦先生早！」她也含笑著回禮。

「海兒，還不趕快來謝謝阿姨？阿姨那天替你做薑蔥湯，醫好了你的感冒，還送你糖果。」秦可風對兒子說。

「謝謝阿姨！」海兒捧著球跑過來，他的圓臉似乎變得有點橢圓了。

「海兒完全好了吧？」魏秋芙問。

「完全好了，真是謝謝魏小姐！那天您走了，我想到府上答謝，但是又不知您住在哪裏，心裏真是過意不去。我想您大概還會到公園來的，所以就在這裏等候了。」秦可風說。

「謝甚麼呢？一點小事。」魏秋芙坐下來，從皮包裏拿出那本圖畫書，對海兒說：「小弟，來，阿姨這本書送給你。」

海兒跳蹦蹦的跑過去，挨在魏秋芙身邊，魏秋芙順勢就摟著他，兩個人一起翻看那本書。她因為久已沒有人跟她這樣親近而感到一陣激動。

「好漂亮的圖畫啊！哈！一隻穿裙子的小貓！」海兒開心地叫著。

「海兒喜歡，阿姨以後常常買圖畫書給你，好嗎？」

「好！」

「不，魏小姐，千萬使不得，這樣會寵壞海兒的。」秦可風站在兒子背後這樣說。

「這有甚麼關係呢？我很喜歡孩子，尤其是跟海兒有緣，一看見便喜歡他了，偶然送他一本小書，算不了甚麼嘛！」

「這樣好了，魏小姐，我本來就這樣想，可是不敢說出來。現在，魏小姐既然這樣喜歡海兒，我想說出來也沒有關係。為了答謝您對海兒的愛護，今天中午，我請魏小姐到外面去吃便飯好麼？」

「這……」魏秋芙在沉吟著。她願意有人跟她一起吃飯，但是又不能不稍作矜持。

「阿姨，去嘛！我喜歡阿姨跟我們一起去。」海兒也在懇求。

「魏小姐，不要讓孩子失望好嗎？」秦可風又敦促著。

「好吧！不過你要答應我下次請你們。」魏秋芙乘機也就答應了。

海兒聽見阿姨答應了，高興得直拍手。看完圖畫書，他又跳蹦蹦的去玩他的皮球。魏秋芙不好意思讓秦可風老站著，只好請他在她旁邊坐下。

秦可風告訴她，他在一個私人機構裏工作，海兒的母親不幸因為難產而死。幾年來，他父兼母職，往往感到身心交瘁，尤其是遇到孩子生病，他更是手足無措。這一次，要不是得到她熱心相助，海兒的病還不知道要拖多久呢？

「我覺得：現在的女性都只知道追求外在美，拚命打扮自己，像魏小姐這樣樸素無華、勇於助人的，真是不多見哩！」末了，秦可風還加了這一句按語。

「哪裏？這又怎麼談得上助人呢？」魏秋芙謙遜地說。

「我相信魏小姐一定是位職業婦女，是嗎？」秦可風問。

「是的，我是一個小學老師。」

魏秋芙沉痛地想：我豈是以一個小學老師就滿足的人？但是，父親生病，不能工作，我身為長女，只有想辦法去減輕父親負擔，早日外出工作，於是，就只好讀師範了。幸虧自己喜歡孩子，多年來倒也能夠敬業樂群。如今，雖然不敢說桃李滿天下，不過有些學生的確有了相當的成就，那倒是真的。不過，那已耗盡了我全部的青春了啊！

「魏小姐看起來真是像個老師哩！」秦可風說。

是嗎？是因為我鼻樑上的近視眼鏡？是因為我不合時宜的打扮？還是因為我一副老小姐模樣？魏秋芙悲哀地這樣想。

魏秋芙和秦可風一人牽著海兒一隻手，慢慢走向一家北方館子。在旁人眼中，他們就像一對結婚多年的夫婦。由於海兒的活潑可愛，這一頓飯吃得很愉快，兩個人也得以毫無拘束與尷尬之感。

飯後，三個人又一起走回住處。魏秋芙雖然已把自己的門牌告訴了秦可風，不過，她也補充了一句，說自己只租了一個房間，不方便接待客人，暗示他不要造訪。最後，她說：

「謝謝你的招待了，秦先生。下星期日我要請海兒到動物園去玩，還請你們吃中飯。我們還是在公園會面好嗎？」

海兒高興地拍手叫好。秦可風卻說：「怎好意思叨擾魏小姐？我來作東好了。」

「那樣我就不去了。」魏秋芙堅持著說。

秦可風只好同意。

從此以後，他們兩個人每隔一個星期輪流作東，也就是每個星期日都在一起消磨大半天。魏秋芙不再那麼鬱鬱寡歡了，她越來越喜歡海兒，常常買小禮物給他。海兒也很喜歡這位阿姨，除了父親之外，她就是他最親近的人了。交了這樣一位女朋友，秦可風更是喜上眉梢。

快到舊曆年底的時候，有一個星期日，他們如常在公園裏會面。魏秋芙發現秦可風的面色凝重，不像平日的有說有笑。現在，他們已到了無所不談的程度了，她就問：

「秦先生，我看得出你有心事，是不是？」

秦可風望了她一眼，似乎欲言又止。

海兒卻拉著魏秋芙的手，仰著頭說：「阿姨，爸爸剛才在家裏哭了。」

「真的？為甚麼呢？」魏秋芙大感驚訝。

「海兒，你去玩，爸爸要跟阿姨說話。」秦可風支開了孩子，然後對魏秋芙說：

「昨天，我收到香港一位親戚的信，說我母親在大陸的家鄉病死了，而且，那已是半年前的事，那位親戚也是輾轉聽來的。」

「啊！這麼遲才知道，也難怪你難過的。」

「我離開家鄉的時候，還是個十幾歲的孩子。母親一把眼淚一把鼻涕地送我出門，要我快點回去。誰知道一別廿八年，從此就不能再見一面呢？這些年，她在家鄉受苦，我既不能寄錢去接濟，也沒有辦法通信，她老人家去世我又不知道，我真是不孝極了。」秦可風說著，不免又是一陣唏噓。

「跟你情形一樣的人多的是，你也不必太傷心了。秦先生。」魏秋芙這樣的安慰他。

「可是，別人在這裏另外有溫暖的家呀！哪像我這樣可憐，一個大男人守著個毛孩子？」

秦可風跌坐在一張椅子上，雙手抱著頭。

魏秋芙訕訕地站在一旁，不知道該說甚麼好。秦可風卻已放下雙手，抬起頭來，一雙眼睛深情地望著她。

「魏小姐，我知道你很疼海兒，你——你願意——做他的——」他訥訥地說不出話來，一張臉也脹得通紅。

魏秋芙的心一陣狂跳，她假裝不解地問：

「做——做他的——甚麼？」

「做他的媽。」秦可風站起來，很快的說了，然後背過身去，又喃喃的說：「你罵我好了，我知道我配不起你。我太老，沒有錢，沒有學問，沒有小姐會看得上我的。」

「可風，」她因為興奮和愉快，脫口而出的就叫了他的名字。「你在說甚麼？你以為我是那些虛榮的女子？」

「秋芙，你答應我了？」他迅速的轉過身來，微胖的臉上煥發著喜悅的光輝。

「你知道嗎？我以為永遠不會有人向我求婚了，我年齡不小，人又長得不好看。遇到了你和海兒，真是一項奇蹟哩！」魏秋芙低著頭嬌羞地回答。

「不！這不是奇蹟！在我的眼中，你是世界上最美麗的女子，因為你有著很多美德，是你的美德吸引了我的。那次，海兒跌倒，你自動去扶起他，還要替他洗乾淨。海兒生病，你自動要替他做薑蔥湯。然後，我又知道你怎樣犧牲自己的青春供你的弟弟妹妹上大學，而且又是一個愛學生如子女的好老師。你說，我向一位這樣完美的女性求婚，是不是太過高攀一點呢？」一向木訥寡言的秦可風，忽然滔滔地說出了這樣動聽的一番話，使得魏秋芙十分感動。

「不要忘記了你自己也是一位慈愛的父親和品行端正的君子哩！」她也回敬他兩句。

「那麼，秋芙，你說我們是不是應該立刻籌備我們的婚事，讓海兒在過年之前好有個媽媽呢？」他喜孜孜地問。

「我無所謂，你瞧著辦吧！簡簡單單就好了。」她含羞地說。

「我看我們就採取到法院公證的方式，然後請一兩桌至親好友就算了。我的屋子重新佈置一下，海兒搬到另外一間房間去就行。」說到這裏，秦可風嘆了一口氣。「秋芙，我們這樣做，我相信如果母親地下有知，也一定替我和海兒高興的。」

說到這裏，海兒一蹦一跳的回來了。

「爸爸，阿姨，我肚子餓了，快點去吃飯好嗎？」他說著，就去拉秦可風和魏秋芙的手。

「海兒，再過不到一個月，阿姨就要做你的媽媽，住到我們家裏了，你高興嗎？」秦可風笑著問他兒子。

「當然高興哪！是真的嗎？阿姨，媽媽。」海兒仰著臉問，一雙烏黑的眼睛睜得好大好人。

安安與寧寧

「姊姊要回來了！」她說。

「甚麼？你姊姊要回來？」畫筆從他手中掉了下來。他站著發呆了幾秒鐘，然後俯下身去把筆撿起。

「陶岳，你的臉色好難看，是不是甚麼地方不舒服？」坐在窗前的小婦人仰起了臉問。

「沒甚麼，只是突然頭痛了一下。你別動，讓我把你的臉完成。」

他凝視小婦人美麗的臉蛋，又看了看畫布上的人像，塗抹了幾下，終於廢然擲筆。畫中人有一頭濃黑的長髮，但是，怎比得上小婦人有如一疋黑色小瀑布般柔軟的頭絲？畫中人有一雙烏黑的大眼睛，但是，怎比得上小婦人那對閃亮靈活的剪水雙瞳？

「不行，寧寧，你太美麗了！我沒有辦法在畫布上把你的神韻表現出來。」他放下畫筆，在一張椅子上坐了下來，雙手抱著頭，一臉痛苦之色。

「那麼我們今天就休息吧！」她乘機離開了窗口，跳躍著走過來，從他身後把他摟住，用臉貼住他的頭頂。「你是不是還頭痛？我們出去看電影好不好？看完電影你的頭就不會痛了。」

他把抱著頭的手放下來，摟住了她的腰。「寧寧，我今天很疲倦，不想出去。你自己出去玩玩吧！我睡一個覺就好了。」

「也好，我也坐得累死了。我回媽媽家裏一趟，看看她還有甚麼關於姊姊的消息。你好好地睡，回來我給你帶果汁牛肉乾。」她依然摟著他。

「你說安安要回來，那是媽告訴你的？」他把頭埋在她的胸口裏。

「嗯！姊姊那懶惰鬼從來不寫信給我，所有的消息都是從媽媽那邊得來的。上一次她有信給媽媽，說她自從離婚以後，心情一直不大好，想回來看看。」

「啊！寧寧，你去吧！我的頭又痛了，得馬上去睡一下。」他閉著眼睛說。

「你怎麼會無緣無故頭痛起來的？我去拿阿斯匹靈給你吃好嗎？」她把他摟得更緊。

「不要！不要！你去吧！我睡一會兒就行。」他輕輕地把她的手拿開。

「那你要乖乖的在家裏等我啊！」她在他額上吻了一下，又跳躍著走開了。

等妻子化了妝出了門以後，他並沒有去睡。他坐在書桌前面，用碳筆在紙上迅速的勾出一幅素描。那是一個長髮大眼的少女，乍看有點像寧寧；但是，寧寧的臉比較圓，而這個少女卻有著一張尖尖的瓜子臉，而且還有著一份寧寧所沒有的飄逸秀雅的氣質。

「安安，你回來做甚麼？我們的過去已經死了呀！」他凝視著這幅素描好一會兒，不斷地喃喃自語。

然後，他又轉過身去望著豎立在室中的畫架。畫布上那個完成了十之八九的小婦人，斜靠在窗前的一張沙發上，一雙大眼睛天真無邪地望著他，含情欲語，盈盈欲笑。一件淡綠色的薄衫襯托得肌膚如雪，渾身煥發著青春的光彩。

他一會兒望著手中的素描，一會兒望著畫像緊皺著一雙濃眉。終於，他用雙手抱著頭，仆倒在桌上。該死！該死！我怎會娶了寧寧的？難道真是鬼迷心竅麼？

去年的秋天他有機會參加了一個紐約美術協會主辦的東方青年畫展。這個畫展一共展出了十個亞洲國家青年畫家的作品，陶岳是代表中華民國的畫家。他的作品在展出期間受到很高的評價，天天都有人向他訂畫，這使得他不免有點意態飛揚的，感覺到自己多年的努力沒有白廢。

畫展的最後一天，一個中國少女到會場來找他，他感到有點驚訝，因為她似乎不像買畫的人，而他的名氣又還不到有人找他簽名的地步。

當他正在疑惑的時候，少女卻先開口了：「陶哥哥，你不認識我啦？」少女的聲音甜甜的，人也長得十分美麗。

「對不起！你是——」他訥訥地問。

「我是寧寧呀！從前住在你隔壁的王寧寧。」少女的一雙大眼睛，秋波欲流地凝視著他，於是，他感到似曾相識了。

「原來你就是寧寧！你已經長大，成為一位大小姐了，又變得這樣美麗。你想，我怎麼認得你嘛？」他驚喜萬分地握住她白嫩柔軟的小手，頓時有他鄉遇故知之感。

「不過，你倒是沒有變。只是——」寧寧含羞的微笑者。

「只是什麼？」他著急地問。

「只是，更英俊瀟灑了。」她的大眼睛望著他，一瞬也不瞬的。

「哈哈哈！你居然吃起我的豆腐來。你都已經長得這麼大了，我還能不老麼？」他禁不住大笑起來。「寧寧，你什麼時候來紐約的？怎曉得我在這裡？」

「我來一年多了。前幾天在報上就看到畫展的消息，因為功課忙，到今天才能來。陶哥哥，我應該恭喜你，你成名啦！」

「成名還談不上，不過總算已經開始有人知道就是。」他看了看錶。「怎麼樣？你有空嗎？畫展還有半小時就結束了，等一下我請你去吃晚飯，我們好好的談一談。」

「好呀！我們分別快十年了，恐怕談十天都談不完哩！」寧寧很爽快的答應了他的邀請。

利用僅有的半小時，陶岳帶著寧寧去參觀展出的畫。她對別人的畫一點興趣也沒有，對他的卻似乎看得很用心。她指著那幅題名「等待」的畫中的金髮少女歪著頭問：「這個美麗的外國女孩子是誰呀？」

「她是我們學校裡的一個女生，就是因為長得漂亮，大家都找她當模特兒。」他笑了笑說。

「陶哥哥，你看我有資格給你當模特兒麼？以後你也替我畫一幅像好不好？」寧寧仰著臉，向他做出了一種祈求的表情。她的雙手，勾住了他的臂膀。

「當然！當然！」他卻反而有些不安。

離開了畫展的會場，他帶她到附近一家法國餐廳去。坐下來以後，她望了望四周的陳設，吐了吐舌頭說：「這裏好豪華啊！恐怕價錢很貴吧！」

「不要擔心，今天我還請得起。」他說完了以後，立刻默然。她還記得我從前的事，她認為我不配上這種高級的餐館，是嗎？我為什麼要帶她出來？難道我想把已經結了痂的創痕重又揭起，讓它再流一次血？

然而，她又是多麼善體人意。他的眉頭才一合攏，他就看出了他內心的痛楚。「陶哥哥，請不要誤會，我不是這個意思。我只是不想你為我花錢。」她一本正經、誠懇無比地望著他，使得他不禁為自己的多疑而感到慚愧。

這就是當年那個短髮齊耳、頑皮搗蛋的鄰家女孩麼？今天變得多麼成熟呀！他有點吃驚地望著她那雙盈盈欲語的大眼睛，差點脫口叫出了「安安」這兩個字。

侍者為他們送上兩杯葡萄酒。他舉起杯，透過紫紅色的液體，望著她紅艷的雙頰說：「為我們的重逢乾杯！」

她喝了一小口酒，說：「陶哥哥，說說你自己吧！我們的陶大嫂呢？」

「哈！連影兒都還沒有哩！誰肯嫁給一個窮畫家嘛？」他縱聲大笑。「還是說你自己吧！你什麼時候來美國的？在哪一個學校唸書？」

「我去年秋天來的，上的是一家末流的大學，說出來恐怕你連名字都沒有聽過。不過，我們學家政的，程度不好，也沒辦法選擇。反正能出來一趟就算了，管它學校好壞？」

「那麼，你明天夏天就可以修完碩士了，是不是？你有什麼打算？還要再唸博士嗎？」

「算了，我根本不是博士的材料，碩士能不能唸完還成問題哩！老實說，我並不想來的，都是爸爸媽媽逼著我。我知道，他們想我在這裏找個博士丈夫，像——」寧寧說到這裏，突然停頓了下來。「不要老說我自己了，陶哥哥，你是什麼時候到美國來的？我還以為你在法國哩！」

「我在歐洲待了五年，一直想到新大陸來看看。去年，我申請到了一筆獎學金，所以就來了。因為沒有錢，根本就沒有離開過紐約一步。說起來真慚愧！」他那骨節很粗的瘦長的手指在桌布上畫來畫去，顯得有點神經質。

我為什麼要到美國來？難道新大陸的風光和藝術水準真的比歐陸還好？難道五年就能夠把歐洲的藝術精華吸收淨盡？不！別騙自己吧！你是想看到安安啊！安安來美快十年了，她在哪裏？她在哪裏？寧寧，你為什麼絕口不提你的姊姊？我知道她嫁給了博士。寧寧你這個小鬼，你怎知道我忘不了她？你為什麼不敢提到她啊？

「陶哥哥，我看你這次可以出去走走了。你不是賣了許多畫麼？那筆錢大概可以夠你旅行一趟了吧？」

「我也這樣想過。可惜，現在天氣已漸漸冷了，冷天旅行，那滋味不太好受吧！」

「我有一個主意。你把錢存起來，等到明年春天才動身，不是很好嗎？」寧寧大叫了起來，彷彿他的旅行，她也有份似的。

是的，他的旅行，她也有份，而且，她變成了他的妻子。那個晚上，離開了那家法國餐館以後，他送她回宿舍去。在擁擠的地鐵裏面，他用手臂保護著她，雖然隔著好幾層衣服，他依然可以感覺到她在他懷裏的顫抖。

以後，他們就常常在一起。起初，大多數是她先打電話來約他，後來，他也忍不住去找她了。在聖誕假期中。有一天是他的三十二歲生日。他在他獨居的房間裏做炸醬麵請她吃。她送給他一件又厚又軟的套頭毛衣。他吻了她，她流下了快樂的眼淚。

「陶哥哥，你知道嗎？我盼望這一刻的來臨已盼望了十年了。現在，我得到了你，我再也不要離開你了。陶哥哥，讓我們結婚好不好？」她把臉埋在他的胸膛，抽抽咽咽，斷斷續續的說著。「你知道嗎？十年前我已愛上你了。你不要以為一個初中的小女孩不懂得愛情，其實，她純潔的初戀，是比誰都真摯的啊！陶哥哥，你記得嗎？我三天兩天就到你爺爺的雜貨店裏買東西。你不是曾經很奇怪的問我『你家阿珠怎麼不自己來買』嗎？我每次都騙你說阿珠在廚房裏忙著，其實，都是我自告奮勇要替她去買的。你卻是從來不理我，把我當作不懂事的小孩子。好幾次，我都氣得哭了！」

陶岳感動得連連吻著她的眼皮、她的雙頰，也吻乾了她的淚水；但是他沒有吻她的紅唇，因為他要聽她的喃喃低訴。他把許多許多瑣碎的往事拼湊起來，用記憶的繩索貫穿著，竟成為一條閃閃亮的珠串。他想起了那個短髮大眼的小女孩，常常拿著課本來向他請教；有時，又會無緣無故地瞪視著他，久久不說話。有一次，她掉了一張照片在他店裏的櫃台上，他追出去還給她，她嬌笑著「送給你算了」，就一溜煙的跑走。他卻把照片丟到字紙簍裏。有時，她找他的次數太多了，惹煩了他。

他不理她，她卻會捉一條毛毛蟲放在他的領子裏，還向他做鬼臉，罵他「稀奇鬼」。……這一切一切，當年他只把她當做一個不怎麼討人喜歡的野丫頭；如今想起，這早熟的孩子，原來在她幼稚的靈魂中，愛的嫩芽已經開始萌生了。

「寧寧，」他的眼睛也溫潤了。「你真的願意嫁給我？不怕你父母的反對？不要忘記了，我依然是個窮畫家啊！」感激之情，加上了這次畫展成功的得意，他忽然生出了一股無比的勇氣。是要報復，想炫耀，還是彌補生命的空虛？他決定要娶寧寧了。他在內心裏獰笑著：你們這對勢利的父母啊！當年你們千方百計的阻撓女兒跟我來往，你們嫌我窮，說學畫的人沒出息。現在看吧！你們的另外一個女兒自動要嫁給我了，看你們有什麼辦法再阻止？

「陶哥哥，我願意，我會做你的好妻子的。我不管你多窮，我說過，我等了這麼多年才得到你，我再也不要離開你了。至於我的父母，我才不管他們的看法如何，我已經到達法定年齡，我有我自由的意志。」

到了春天，他們便開始了他們的蜜月旅行。她說她怕冷，先是南下到邁阿密，然後沿著海岸線往西行，到了洛杉磯便往回走。婚後，她絕口不提及她家裏的人和事，他有點懷疑安安就是住在美國北部，但是他沒法猜到是哪一個地方。

不過，知道了她在那裏又怎樣呢？她已經是那位太空博士的夫人，她有了她自己幸福的家，再見一面又有什麼用？何況我自己也有了寧寧了。這個可愛的小婦人，她全心全意的愛我，她把我侍奉得像帝王一樣，她使我變成了世界上最快樂的男人。被愛不是比愛人更有福嗎？我為什麼還要去想安安？

這小兩口又回到台灣了，那是不久以前的事。陶岳應母校之聘，回校執教。他要把自己在國外所學到所看到的，傳授給年輕的一代；他要把自己對藝術的狂熱，激勵起他的學生們致力於繪事的熱忱。他不單是一個好畫家，還是個好老師哩！

王家老夫婦接受了小女兒嫁給了當年那個雜貨店老板的孫子的事實，因為他們認為：這個從歐美載譽回來的畫家女婿還挺光彩的。陶岳不是睚眥必報的小人，他原諒了這對老夫婦。雖則他們當年是那麼蔑視他，把貧窮與低身份當作是他的罪惡，趁著他去服役的那一年，使急急的把安安送往國外。

安安那椿他們認為最值得炫耀的婚事大概也是兩老安排的吧？太空博士又怎樣呢？如今不是已經鬧婚變了嗎？想到了這一點，陶岳不禁感到了一絲報復的快感。只是啊！可憐的安安，柔弱的她——怎經得起這個打擊？

「陶岳，你看我姊姊是不是有點老態了？瘦成那個樣子，好憔悴啊！」

「姊姊好可憐！又沒有孩子，這下半世怎麼過呢？」

「姊姊好像有意在台灣找工作。她雖然在美國唸過一年書；但是，學文的人，除了教書，又能做什麼呢？」

「陶岳，你怎麼搞的？跟你說了半天話，你一句都不回答。」

「嗯！嗯！我睏得很，都快睡著了！」

安安從舊金山回來了。（現在，他終於知道了她住在美國的什麼地方。）離開了岳父母為安安洗塵的宴會以後，陶岳一直都在裝醉，避免說話。事實上，他的確喝了不少悶酒；不過，他的腦筋還是十分清醒的。十年遠別，他怎能忘記乍見那一剎那安安一雙哀怨的眼神？是的，寧寧說得沒有錯，安安老了（老了？她才三十二歲啊！），瘦了，也憔悴了。她穿一件黑色的絲質洋裝，掛著一串水晶項鍊，脂粉不施，只抹了淡淡的口紅。那副模樣，看來就像是個俏寡婦。她是在哀悼自己失敗的婚姻嗎？還是哀悼自己逝去的青春？當陶岳和寧寧走進客廳時，安安先是帶著激動的表情走過來和妹妹擁抱貼臉，並且拉著手對視了好一會兒。然後，立刻換過平靜的面孔，伸手和陶岳輕輕的握了一下，說了聲：「你好嗎？」那態度、那口氣，好像是在對待頭一次見面的、自己並不感到興趣的妹夫，也像是對一個經常可以見到面的老朋友，既不親熱，也不太冷淡。但是，當她眼皮一抬、睫毛一揚之際，他卻清楚地看到她那雙大大的黑黑的眼睛裏所蘊藏著的無限痛楚與哀怨，它們似乎是在對他說：你這個負心的男人，因為妹妹比我年輕，你如今就愛上她了。

不！我要向她解釋：我愛的還是你，我並沒有忘記你。你要知道，在這個世界上是沒有第二個女人能夠代替你的啊！他背著妻子躺著，緊閉著雙眼裝睡；內心裏，卻在無聲的吶喊著。

在宴會上，他沒有跟她說過一句話，也不敢多看她一眼。他只知道她似乎自始到終的，含著笑，周旋於父母和親友之間，極力遮掩著內心的感情。他們同坐一桌，可是兩人之間的距離卻有千萬里。

我一定要去見她一面，解釋一下我為什麼要娶寧寧的原因。

「請王安安小姐聽電話。」在公共電話亭中，他掛通了岳家的電話，換過一種低沉的聲音說。

安安來接電話了，她帶著驚訝的聲調問他是誰。這個時候還不到九點鐘，她剛醒過來，還沒有梳洗哩！

「安安，不要吃驚。是我，陶岳。你現在有空嗎？我想跟你談談。你出來吃早餐好嗎？」說話的時候，他的聲音也有些發抖。

電話的那頭，半天沒有回答。

「安安，你怎麼啦？」

「你認為我們還有見面的必要麼？」

「我不會耽誤你很久的，我只要跟你說幾句話。」

電話那邊又是半天不說話。

「我在××樓下等你。安安，你會來吧？」

他把電話掛斷，搭車到××去，叫了一杯咖啡，在耐心的等候。他相信她會來的，要不然，昨天怎會用那種眼神看他？

是的，那個有著淒怨的眼神的人兒飄然地來了。她把長長的頭髮披散著，穿著一身米白色的衣裙，顯得比昨夜年輕了不少。她不再是那個俏寡婦般的寂寞女人，而又像是當年日日跟他一起在淡水河畔散步的那個少女。

見了面，對面坐下。兩人默默的凝視著對方，久久說不出話來。這是夢嗎？我以為我們今生今世都不會再相見了。兩個人心裏都在這樣想。

吩咐侍者要了兩客早餐後，陶岳先開了口：「安安，我這樣冒昧的約你出來，你不會生氣吧？」

「生氣？生氣我就不來了。」她淡淡地一笑，笑容中又帶著寂寞和淒楚，使得他怦然心動。

「安安，我對不起你。」他急不及待地，用低沉的聲音說出了這句話，彷彿說出來以後，內心裏的罪惡感就會減輕似的。

「該說對不起的，應該是我吧？不過，現在我們扯平了，誰也沒有對不起誰。是嗎？」她又是淡淡一笑。但是，在他的眼中她的笑容比哭還要悽慘。

「啊！安安，請你不要這樣講，你以為我是在報復嗎？」他急急地為自己辯護著，急得一張臉都脹紅了。然而，當他的話一離嘴以後，他馬上就感到一陣歉疚：誰說我不是為了報復呢？雖然並不是對安安而發，我卻是為了對付她的父母的呀！

他不再說話，低著頭，叉了兩口火腿蛋到嘴裏。

「陶岳，你愛寧寧嗎？」安安用小調羹攪拌著咖啡中的糖，問他。

「她是我的妻子，當然我愛她。」他說話的聲調有點不穩定。

「那麼，她愛你嗎？」

「除了爺爺以外，她是這個世界上最愛我的人了。」這一回，他卻是聲調鏗鏘，充滿自信。

「是嗎？那我就放心了。陶岳，恭喜你！」安安注視著陶岳，黑黑的大眼睛蒙上了一層薄霧。啜了一口咖啡以後，她忽然又說：「對了，你的爺爺呢？他現在在哪裏？」

「爺爺早就過世了，就在我出國的前一年。老實說，假使我爺爺還在的話，我真不會丟下他老人家一個人而遠去他鄉的。」

「啊！我聽了真難過，這件事我完全不知道。你爺爺以前還挺疼愛我的。」安安原來就蒼白的臉變得像一張白紙。

「你怎會知道呢？那時你已經去了美國了。」

「可不是？你在金門的時候，你爺爺也鼓勵我出國的。他說，有機會去多學點東西就去吧！假使我有辦法，我也會把陶岳送出去的。你爺爺真是一位好人，一點也不偏私。」說到這裏，安安的眼中忽然燃起了怒火。「陶岳，我恨我的父母，他們為什麼要用財勢來衡量一個人的人格？他們為什麼認為一個開雜貨店的小商人會辱沒我們的家聲？如今，他們已一手摧毀了他們女兒一生的幸福還不知道。」

「安安，不要這樣說，你還有美好的將來哩！」看著她那張在激動中的秀麗的臉，他有點不知所措。

「陶岳，不要騙我了，你以為我還會有將來嗎？」她冷笑了一聲。「我能做什麼呢？現在海外回來的學人這麼多，我們這些讀文學的碩士算老幾啊？」

「安安，你怎能這樣自暴自棄？你不要忘記了，你還有我啊！」安安的一隻手擱在桌子上面，陶岳一著急，就忘情地把它抓住了。

安安沒有動，也沒有說話，大滴大滴的淚珠無聲地從面頰上滾了下來。

他撫摸著那隻纖細的小手。原來光滑得像大理石一樣的，現在，手背上已現出了幾道青筋。看見她哭，他也不覺感到心頭陣陣悽楚。想起了當年那個長髮披肩、神采飄逸的鄰居少女（我們曾經有過多少好時光啊！），如今卻被感情折磨得憔悴得像個棄婦，這是誰之過啊？

「安安，不要哭，你再哭，我也要哭了！」他的另一隻手，從西服上衣的上面口袋中掏出了那條作為裝飾之用，跟領帶一樣，有著歐普圖案的花手帕，遞給安安。

安安順從地用那條手帕把眼淚拭去。她拿著手帕端詳了一會兒，又聞了一聞，說：「這手帕好漂亮，還香噴噴的，是寧寧為你準備的嗎？」

「是啊！她老是喜歡把我打扮成花花公子似的。天曉得，要我穿得這麼整齊，簡直是在受罪！」他苦笑著搖搖頭。

「這是她愛你的表現嘛！陶岳，你的選擇沒有錯。寧寧是個賢妻良母型的女人。」現在的安安，已變得很平靜了。

「雖然如此，不過，她在我的心目中還是比不上你。安安，我娶她，正是為了不能夠忘記你啊！」他緊緊地握住了那隻纖細的小手。

她那雙黑黑的大眼睛閃亮了一下，那裏面有著愛和希望。在這一刹那中，他才真正看到了十年前他曾經熱愛著的少女。

他病了，就因為他又沉醉在愛情中。他的病不是生理上的，所以不是藥物所能治療。他的小妻子發現他消瘦得很厲害。他吃得極少，夜夜失眠；經常心不在焉的，而且脾氣又愈來愈暴躁。也老是嚷著學校裏的瑣事太繁，應酬太多，常常不回家吃飯。偶然待在家裏，也只是躲在他的畫室兼書房裏發呆，既不作畫，也不陪他的小妻子聊天。

「陶岳，看你愈來愈瘦，恐怕是工作太累了吧？我陪你去作健康檢查好嗎？可不要累出病來啊！」當他獨自坐在窗前沉思的時候，寧寧走過去，倚在他的身邊，摟住他的肩膀。

「不要！我身體好好的！」他面無表情的回答。

「那麼，我們出去旅行一次好嗎？橫貫公路我們還沒有去過哩！」她的粉臉貼住了他多骨的臉頰。

「不，我沒有空。」他還是冷冷的，對她的溫存毫無反應。

「那麼，你把我這幅畫像完成它好不好？就只剩下一小部份了，幹嘛一直停下來不畫？人家想快點把它掛在客廳裏好讓同學們欣賞嘛！」她用力搖動他的身體。

「寧寧，你不要像小孩子般的胡鬧，讓我清靜一會兒好不好？難道你不知道，作畫需要靈感？你幹嘛老是逼著我？」他不耐煩地閉上了眼睛。

「好，我不再胡鬧，讓你清靜。我回媽媽家裏去，晚上假使你想吃飯，就來找我們吧！」寧寧帶著無限委屈，悻悻地回娘家去了。

妻子一走，陶岳馬上又打電話給安安。寧寧叫他到岳家跟他們一起吃晚飯；但是他卻利用這段時間和姨姊共訴衷情。在那家清靜的小餐館中，也告訴安安：「我近來脾氣很壞，但是寧寧的性情也變得很彆扭。她有孕了，不知道這是不是正常的現象？」說著，他又有點自覺失言。「當然，這種事我不該問你的，你又沒有經驗。」

老半天，安安都沒有回答，陶岳想：她一定是在生氣了。

「陶岳，我想我們以後還是不要見面了。」過了許久許久，安安才迸出這一句話。她薄薄的嘴唇在顫抖，聲音也在顫抖。天知道她費了多大的勁兒才說得出來。

「為什麼呢？安安，我們並沒有越軌的行為呀！」陶岳有點愕然。

「你以為我們這樣見面是應該的麼？那麼，你為什麼要瞞著寧寧呢？」那雙黑黑的大眼又蒙上了一層薄霧。

「我只是怕她誤會罷了！」

「陶岳，我們不要自欺欺人了！我們明知道這樣下去不是辦法，這樣下去終於有一天會出毛病；我們也明知這樣做是違背了自己的良心。明知錯了，為什麼還要像燈蛾那樣向火裏撲呢？」

「可是，你我都知道，愛的本身是沒有罪的。」陶岳忽然感到自己非常軟弱，他又抓住了安安的一隻手，彷彿從她手上可以得到新生的力量。

「不，陶岳，你忘記了，你已經是個有妻子的男人，你所說的愛，那就是你的妻子的痛苦呀！」她輕輕的把自己的手抽回。「寧寧是無辜的，讓我們不要傷害她吧！」

「你想她知道不知道我們的事呢？」他無助地問。

「你知道，我們姊妹是非常友愛的，即使現在還是如此。我想她大概會知道多少，因為女人都是很敏感的。不過，她對我還是那麼親熱，起碼，她是裝作不知道。」

是的，她是裝作不知道。我外出，我不回家吃飯，她從來不查問；她常常談到她的姊姊（跟在美國時的絕口不談，作了一次一百八十度的轉變），而且把姊姊稱讚得像是一個完美的女神（跟安安剛回來時，說安安老了許多的口氣又完全不同）。是的，這轉變太突然了，這不可能出自她的內心，一定是假裝的。可憐的小女人，為什麼要這樣？為什麼要這樣？

從安安那雙深得像潭水一般的黑眼睛裏，他彷彿看見自己正向黑色的深淵裏沉下去。寧寧的畫像高高地懸掛在客廳壁爐的上面。她的一雙大眼睛盈盈地含笑；小小的櫻唇微啟著，像是一朵初綻的玫瑰；一件淡綠色的薄衫緊緊裹著豐滿的胴體；雪白的肌膚煥發著青春的光輝。

畫像的女主人手中握著一杯雞尾酒，含笑周旋於賓客之間。整個客廳中都洋溢著青春的歡笑，因為這些賓客全都是二十幾歲的青年男女，他們都是寧寧的同學。

今天是寧寧二十四歲的生日，為了給她慶祝，陶岳早在一個星期以前就替她把畫像完成。這些日子，他的心情平靜而愉快，所以畫像進行得很順利，畫出來的成績也十分滿意。現在，它能夠在生日宴會中出盡風頭，受同學們的羨慕與讚賞，寧寧可說是如願以償了。

安安已經在一個月前離開了台北。她先到歐洲去玩一個時期，再回到美國去。在台北時，她的母校有意聘她當講師，她考慮再三，終於還是婉拒。不是為了待遇的問題，而是感情的糾紛使她不能在這裏待下去。舊金山她不打算回去，因為那裏也是她的傷心之地。臨走的時候，她請她的父母和妹妹不要為她擔心。她說：世界這麼大，難道就沒有我棲息的地方？也許我再去做老學生，幾年之後，又再度鳥倦知還也說不定。

他獨個兒留在書房裏，又再一次細讀安安寄到學校去給他的信：

「……寧寧的天真無邪與善良，早已使我想到要離開你，假使我們再繼續欺騙她，那我們就簡直是惡魔了。昨天在一本雜誌上偶然讀到一篇莫札特的傳記，不禁惕然而驚。陶岳，我必須立刻就走，一刻也不能停留，否則的話，我們都會墜落在罪惡的淵藪中的。我們之間的情形跟莫札特是多麼相像！莫札特先是戀愛著韋伯家的女兒阿萊西亞，後來又娶了阿萊西亞的妹妹康士姮絲；但不幸的是，婚後他仍然跟阿萊西亞暗通款曲。這樣，他就破壞了兩個家庭的幸福，傷害了另外兩個人的心了。陶岳，我們千萬不能夠這樣，你不是莫札特，我也不是阿萊西亞啊！

回到台灣來原是想治療我婚姻上的創傷，沒想到，又惹起了舊恨新愁（沒想到？也許是我在欺騙自己吧？）。形勢如此，我非走不可，我會照顧我自己，請不必為我擔心。好好的去愛護寧寧，她不但是你的妻子（世界上最愛你的女人），也是我親愛的小妹妹啊！祝福你們！」

眼淚一滴一滴的落在信紙上，信紙已經因為拿出來的次數太多而起了縐，淚水一沾上去，就變得字跡模糊不清，一塌糊塗，像一團紙漿。

安安，你走得對，我不是莫札特，你更不是阿萊西亞，否則我們三個人都要毀滅的。只是，太委屈你了，我對你不起啊！他讓淚水痛快的流著，除了爺爺去世的那一次以外，他從來沒有這樣傷心過。哭完了以後，他覺得心裏舒服得多了。他把這封信，還有以前偷偷畫的幾幅安安的素描，點了一根火柴，一下子都燒成了灰燼。

外面那群年輕的客人在喧鬧、歡笑，他卻一個人靜靜地坐在書房裏，望著窗外的藍天在發呆。馬德里（聽說她現在在西班牙）今天的天氣是否也像台灣這裏一樣的晴朗？她一個人在做什麼呢？（雖然我不願意再去想她；但是，誰又能像太上之忘情？）

「陶岳，你一個人躲在這裏做什麼？客人都在找你呢？」寧寧走進書房，倚在他的身旁。

「你們都是年輕人，我怕我這個老頭子會妨礙你們嘛！」他伸手摟住了她開始變粗的腰肢。

「你猜我在這裏想什麼？」

「哼！一定是在想女朋友！」她用食指點住了他的前額。

「我在想我們的孩子是男的還是女的。」

「你希望它是男的還是女的呢？」

「我希望她是個小丫頭，像你一樣，又美麗又可愛又乖巧又善良，是個人間的小天使。」

邀舞

那道朱紅色大門一打開，宋思湄還以為自己走錯了人家。屋子裏閃爍著幽暗的紅紅綠綠的燈光，只見人影幢幢，笑語不絕；其中，還夾雜著咖啡的濃香和使人窒息的香煙的煙霧。這不是咖啡室是什麼？敢情萬家搬走了？搬了家也不通知一聲，好可惡！看我以後要不要跟她算帳？

宋思湄氣虎虎地轉身想走，卻被人捉住了一隻手臂。

「湄姨，你怎麼啦？為什麼不進來嘛？」

那是萬以莘。一頭長長的中分直髮遮住了半張臉。雖然在幽暗的光線中，還是可以看得出她的眼皮上塗了藍藍綠綠的眼蓋膏，還貼了黑鋼絲似的假睫毛，兩隻大眼睛骨碌骨碌地轉動著，看了好不怕人！身上是一套閃亮的十彩大花褲裝，渾身上下花團錦簇的，看得人眼花撩亂，就像一條光滑美麗的花蛇。胸前還懸垂著好幾串奇形怪狀的珠鍊，長長的垂到大腿上。

把萬以莘從頭到腳看了兩遍，宋思湄這才瞇著眼睛問：「以莘，這是怎麼一回事？你打扮成這個怪樣子，而你們的家又變了模樣。我還以為我按錯了別人的門鈴哩！」

進去，把大門關上。

「湄姨！快，進來參加。我們在舉行生日舞會，馬上就要開始了。」萬以莘把她一把拉了

「生日舞會？誰生日呀？」

「我嘛！人家今天二十歲了呀！」

「你舉行生日舞會，我這個不舞之鶴的阿姨幹嘛要參加？以莘，你媽媽呢？」忽然陷入這幽暗而吵雜的環境中，宋思湄竟然有點害怕。她緊緊地抓著以莘的手，生怕她把自己一個人丟在這裏。

「我媽媽和爸爸都出去了，他們說要讓我們盡情的玩。湄姨，你坐呀！」以莘把她按在一張沙發上。沙發還熱熱的，顯然剛剛有人坐過，也顯然是有人讓座給她。

「你媽媽不在，我在這裏幹甚麼？以莘，你湄姨還沒有帶生日禮物給你哩！我現在去買好不好？」四周黑暗中的笑語聲是那麼年輕，這使得宋思湄愈來愈覺得自己坐在那裏太不調和。

「不要嘛！湄姨。我不要禮物，只要你坐在這裏。你既然來了，就是我們今晚的貴賓。」以莘用勁地按住她的雙肩，使她無法站起來，她是看著以莘長大的，以莘有權這樣撒嬌。「湄姨，你是個畫家，幹嘛這樣不瀟灑嘛？你看我們跳舞，說不定會得到靈感哩！」

說到這裏，喧鬧的音樂聲忽然響了起來。宋思湄只知道這是時下流行的熱門音樂，卻不知道是甚麼曲子，也不知道是甚麼人唱的。只聽見喇叭、鑼、鼓的響聲混成一片，還夾雜著男人

扯著喉嚨在嘶喚吼叫。在萬家客廳裏幽暗燈光下的幢幢人影，起初是拍著手，一面還用腳在打拍子，漸漸地，就捉對兒隨著拍子弓著腰彎著背的把全身扭動起來。

在黑暗中，沒有人注意到她，這使得宋思湄有了很大的安全感。音樂一響起的時候，以莘就失蹤了。宋思湄獨自坐在那張深深的沙發上（這也使她有了安全感），看著這年輕的一代在模仿著西方人的瘋狂的動作，她從來不曾置身這種場合中，這種環境對她是陌生的。她雖然一向憎恨這種鬼吼一般的音樂；但是，她此刻的情緒卻是迷惑、昏亂、好奇而多於憎厭。

晦暗的燈光、迷濛的煙霧、渾身活力而裝束怪異的年輕人（現在，她的視力已漸漸習慣於黑暗了），世紀末的音樂……這忽然給予她一種感受。她想起了梵谷那一幅以彈子房為背景的名畫，梵谷能夠把彈子房內的情景用畫筆賦予生命，我為甚麼不能夠把一個小型的生日舞會用油彩表現出來？

宋思湄把身體靠在椅背上，瞇著眼，極力想捕捉眼前這些跳動著的形體和神祕的氣氛，但是，她手中沒有紙筆，就算有紙筆，在這昏暗的光線中她也不能夠作畫。吵鬧的音樂使她感到煩躁不安，我坐在這裏幹嘛？這是年輕人的聚會，以莘的父母都躲到外面去了，我這個阿姨為甚麼要在這裏礙事？以莘生日，我又沒有帶禮物來，多難為情啊！她想偷偷溜出去。可是，客廳裏是這樣擠，跳舞的人又在那裏晃來晃去的，把出路都堵住，她根本沒辦法走到門口。算了，還是等到燈光亮起來再說吧！

但是燈光一直沒有亮，音樂也一直沒有停下來。宋思湄坐著，坐著，當她的耳膜因為聽多了這些吵鬧的音樂而漸漸有點麻木時，她的眼皮也沉重得快要睡著了。在朦朧中，她突然覺得自己的處境很可笑，我——宋思湄，這個脾氣古怪、性情頑固的老小姐，從來不跳舞、不抽煙、不喝酒、不賭博的好好先生，怎會居然坐在一個喧鬧的舞會中的？

是啊！你，宋思湄，你雖然生長在台北這個國際大都會，進的又是教會學校；可是，你不是最痛恨人家跳交際舞的嗎？上高中的時候，同學們都學會當時流行的慢四步了，就只有你不會。還記得嗎？那次陸美美過十八歲生日（啊！又是一個生日會——少年人的生日會），請同學們到她家裏去玩，你到得最早，陸美美正抱著吉他在彈。她去拿了一具Ukulele給你，叫你替她伴奏，她教你，只要反覆地彈出兩個簡單的音符就行。但是，對這具小小的簡單的樂器，你居然學不會。你這個只懂得讀書的書呆子啊，真是個不會玩的可憐蟲！打從初中時代開始，你就是個落伍者。同學們拉你去學游泳，你因為不敢穿游泳衣，一次都沒有下過水。同學們學溜冰、學騎車，你也因為怕摔跤而學不會。你從那個時候到現在，就是個徹頭徹尾的土包子啊！那天，在陸美美的家裏，吃完了飯，同學們又好玩地跳起舞來。你不會跳，有人教你；但是，你老是跳錯，老是把腳踩到別人的腳上。於是，你一氣之下就放棄了。

不錯，那是我有生以來唯一跳過的幾步交際舞，不過，那只是在同學家裏，而且參加都是清一色的女同學。以後，她參加過幾次同學們的婚禮，酒後一律都有舞會。不知怎的，她看見本國的男女摟抱在一起蓬拆，老是感到肉麻，於是，她對交際舞也愈來愈痛恨。有一次，在一個飯後的舞會中，有一個不認識的男士來請她跳，她居然板著臉對那個人瞪白眼，嚇得那個男士逃避不迭。

為甚麼一定要跳舞呢？她恨恨地想。人家西洋人有那麼多的長處不去學，幹嘛就單學這種無聊的玩意兒？她也不明白，為甚麼人人都懂得這個玩意兒？有一次她到姑媽家裏去玩，她那兩個看來斯斯文文，而又土裏土氣的表姊妹，扭開收音機，在「香檳酒，滿場飛」這首鄙俗不堪的流行歌聲中，兩個人就並排站在客廳中，扭腰踢腿的跳了起來。這使得她大為驚訝，也使她頑強地加深了「你們人人都跳舞，我偏偏不跳」的想法。同時也是她對異性始終抱著厭惡的態度的種因。

其實，她對跳舞並非完全痛恨，她痛恨的只是交際舞。她對宮廷裏面中規中矩、文雅高尚的小步舞；飄飄欲仙的快華爾滋；拙樸的方塊舞；活潑的土風舞；凌波仙子似的芭蕾舞都很有好感。她看《野宴》那部電影時，對威廉荷頓和金露華合跳的欲拒還迎，而又帶點野性的恰恰舞也覺得蠻不錯。有時，她甚至覺得那種一拉一扯、圓裙飛舞的搖滾舞也很適合於年輕男女發洩過剩的精力。她所不能忍受的只是近年流行那些惡形惡狀，怪聲怪叫，模仿非洲土人舞蹈的原始式舞步而已。

我怎會坐在這種使人噁心的舞會裏面的？是的，我必須走了，我不能忍受下去了，以莘不會怪我的，她根本就不在乎我是否在這裏，本來我也只不過是一個不速之客嘛！她站起來，試著要在那些人不在意時溜出去；可是，就在這一剎那，燈光亮了，她立刻像做了錯事似的，又坐下去。同時，音樂也變了，變得柔和而悅耳起來。她覺得它似曾相識，啊！是的，是多年前流行過的，名字好像是叫「Changing partner」。她雖然不跳舞，也並不欣賞這一類的熱門音樂；不過，這一首她倒是熟悉而不討厭的，因為它有一點點傷感的味道。她記得：這還是以莘的母親向她介紹的。以莘的母親是屬於喜愛輕音樂的人，當時，她還向她介紹了另外一首名叫Tennessee Waltz的。她聽了覺得還不錯。不過，也只是不錯而已。這些為跳舞而作的小曲子，怎比得上正宗的古典音樂呢？如今，以莘這孩子也在放這首舞曲，大概是受了她母親的影響吧？

年輕的人兒又在捉對兒的跳舞了。現在，他們的身體只是輕柔地左右擺動著，姿勢比起剛才的文雅而美妙得多了。她看看，聽著，竟然不自覺地有點陶醉起來。她閉著眼睛，用手指在扶手上輕輕打著拍子，腳雖然沒有動，整個身體卻有著飄飄然的感覺。

「湄姨，我來給你介紹一位朋友。」不知甚麼時候，貼著黑鋼絲般的假睫毛，一身奇裝異服的萬以莘已站在她面前。

隨著睜開的眼睛，宋思湄看見一個身體瘦長得像竹竿一樣的外國男人站在萬以莘的旁邊。那個人有著一頭像稻草般的亂髮，留著黃褐色的絡腮鬍子，眼珠的顏色淺至若無。身上穿著一件紅藍格子的短袖香港衫，下面是一條已經洗得發白的牛仔褲。

她張開嘴，說不出話來。二十幾年沒開口說過英語，以莘是不是存心要她出洋相？而且，這個傢伙的長相……

「湄姨，這位是白倫德先生，他在我們學校裏研究中文，國語說得呱呱叫。」萬以莘笑咪咪地說。

「宋小姐，您好？我可以請您跟我跳舞嗎？」白倫德的國語果然說得很準，只是略略帶點洋腔。也向她微微弓著身子，右臂放在胸前，就像電影中那些文雅的紳士一樣。雖然這文雅的舉動與他的外形一點也不相襯。

「啊！我——我不會跳舞。以莘，你難道不知道？」宋思湄急得全身發熱。但是，啊！她又想到了那些高尚舞會中的邀舞，她體內的另一個她，似已脫離軀殼，隨著這首輕快而略帶傷感的音樂，在另外一個無人的大廳中翩翩起舞。

「湄姨，不要這樣嘛！這張唱片是我特別為你放的。這不是你們那個時代的流行舞曲嗎？」萬以莘扯著她的手，撒著嬌。

「啊！啊！我真的不會跳。」她的三魂六魄被扯了回來，心不在焉地在回答。

「宋小姐，真的，萬以莘是特地為我們放這張唱片的。這是屬於我們那個時代的音樂。」白倫德說。

宋思湄錯愕地仰望著白倫德，她剛才並沒有注意到他的年齡，她想他是萬以莘的同學，當然是二十左右的青年人囉！現在，他口口聲聲「我們」，於是，她留意看了看他的臉，從他眼邊的皺紋，從他濃密的鬍子，她相信他已有三十多歲。不錯，「交換舞伴」和「田納西圓舞曲」是屬於他的時代的。但是，我的時代呢？那該是「香檳酒，滿場飛」，「Tea for Two」和「Smoke gets in your eyes」啊！忽然間，她很為自己記憶力之強而感到驚訝。她從來不跳舞，可是卻記得那些二三十年前的舞曲的名字，寧非怪事？

「白先生，對不起，我真的不會跳舞，我一步也不會跳。」她誠懇地對那個高個子洋人說。

「那麼，我們談談吧！萬以莘說你是一位畫家，老實說，我也不怎麼喜歡跳舞哩！」白倫德說著，就不客氣地在她旁邊坐了下來。使她更窘的是，萬以莘也被一個男孩請去跳舞了，她已完全孤立。

談甚麼好呢？她從來不曾跟陌生的男人談過，更不曾跟外國人談過。現在，要她跟認識了才幾分鐘的白倫德聊天，其困擾簡直等於要她跳舞啊！她假裝在欣賞那一對對陶醉在擁舞中的男女。但是，不用看鏡子，她也知道自己臉上的肌肉很僵硬。

「宋小姐，你畫的是中國畫還是西洋畫？」白倫德先開了口。

「我畫西洋畫。」她把頭稍稍轉向白倫德，不過她並沒有看他。

「啊！是現代畫嗎？」白倫德又問。

「我正朝這條路上走。」她簡短地回答。她覺得：這個傢伙雖然有著「打破砂鍋問到底」的習慣，倒也不算門外漢。

「真的嗎？」白倫德的聲音有著太多的驚奇。「宋小姐，我本來也是只喜歡印象派的，現在，我對抽象派的畫也漸漸欣賞了。宋小姐，甚麼時候我去看看你的作品好嗎？」

宋思湄轉過頭去，大大方方地望進白倫德的眼裏。他那雙淺色的瞳仁清澈得像兩顆透明的水晶彈珠，那裏面閃耀著天真和期待的表情，留著絡腮鬍子的臉也露出了無邪的神色。假使是在二十年前，我會答應你的。宋思湄把已經放鬆了肌肉臉孔一繃，又把頭別轉了。「對不起，白先生，我的畫畫得還不夠好，目前還不能給人家看。」

「他們那個時代的舞曲」放完了，九十年代瘋狂的舞曲又驚天動地的響了起來。趁著燈光暗下來的時候，宋思湄抓起了身旁的皮包，匆匆向愣坐一旁的白倫德大聲說：「白先生，對不起，我先走了。」在黑暗中，她衝過那些在狂舞中的孩子，衝出震耳欲聾的樂聲，走到門外。她知道，假使她在那個舞會中再待下去，她將無法尋回她的自我了。

畢璞全集・小說03　PG1339

有情世界

作　　者　畢　璞
責任編輯　劉　璞
圖文排版　周妤靜
封面設計　楊廣榕

出版策劃　釀出版
製作發行　秀威資訊科技股份有限公司
114 台北市內湖區瑞光路76巷65號1樓
電話：+886-2-2796-3638　傳真：+886-2-2796-1377
服務信箱：service@showwe.com.tw
http://www.showwe.com.tw
郵政劃撥　19563868　戶名：秀威資訊科技股份有限公司
展售門市　國家書店【松江門市】
104 台北市中山區松江路209號1樓
電話：+886-2-2518-0207　傳真：+886-2-2518-0778
網路訂購　秀威網路書店：http://www.bodbooks.com.tw
國家網路書店：http://www.govbooks.com.tw
法律顧問　毛國樑　律師
總 經 銷　聯合發行股份有限公司
231新北市新店區寶橋路235巷6弄6號4F
電話：+886-2-2917-8022　傳真：+886-2-2915-6275

出版日期　2015年4月　BOD一版
定　　價　260元

Printed in Taiwan

國家圖書館出版品預行編目

有情世界 / 畢璞著. -- 一版. -- 臺北市 : 釀出版,
2015.04
面 ;　公分. -- (畢璞全集. 小說 ; 3)
BOD版
ISBN 978-986-5696-96-2 (平裝)

857.63　　104004445

讀者回函卡

感謝您購買本書，為提升服務品質，請填妥以下資料，將讀者回函卡直接寄回或傳真本公司，收到您的寶貴意見後，我們會收藏記錄及檢討，謝謝！如您需要了解本公司最新出版書目、購書優惠或企劃活動，歡迎您上網查詢或下載相關資料：http:// www.showwe.com.tw

您購買的書名：________________________________

出生日期：________年________月________日

學歷：□高中（含）以下　□大專　□研究所（含）以上

職業：□製造業　□金融業　□資訊業　□軍警　□傳播業　□自由業
　　　□服務業　□公務員　□教職　□學生　□家管　□其它______

購書地點：□網路書店　□實體書店　□書展　□郵購　□贈閱　□其他

您從何得知本書的消息？

□網路書店　□實體書店　□網路搜尋　□電子報　□書訊　□雜誌
□傳播媒體　□親友推薦　□網站推薦　□部落格　□其他________

您對本書的評價：（請填代號　1.非常滿意　2.滿意　3.尚可　4.再改進）

封面設計____　版面編排____　內容____　文／譯筆____　價格____

讀完書後您覺得：

□很有收穫　□有收穫　□收穫不多　□沒收穫

對我們的建議：________________________________

____

____

____

請貼
郵票

11466
台北市內湖區瑞光路 76 巷 65 號 1 樓

秀威資訊科技股份有限公司 收

BOD 數位出版事業部

(請沿線對折寄回，謝謝！)

姓　名：________ 年齡：________ 性別：□女 □男

郵遞區號：□□□□□

地　址：________________________

聯絡電話：(日) ____________ (夜) ____________

E-mail：________________________